FLORET
READING

小花阅读

我们只写有爱的故事

青春阅读　幸得相见

小花阅读【摘星】系列 01

孤独又璀璨的你

包子君 著

贵州出版集团
贵州人民出版社

包子君
Bao Zijun

小 花 阅 读 签 约 写 手

沉迷二次元的中二少女，384酱是本命。
各路电视剧与综艺绝缘体，常年混迹各大论坛，
漂浮于八卦的汪洋大海里，偶尔有些重口味，
将吐槽视作毕生事业。
值得一提的是，
笔名叫包子君不是因为爱吃包子，
而是……拥有一张360°鼓的包子脸。

目录

001/ 第一章
"那个 gay 里 gay 气的小基佬是怎么回事？！"
"那个土里土气的男人婆是怎么回事？！"

031/ 第二章
很帅！帅到即便我被他霸王硬上弓，所有人都会觉得我占了他便宜的地步。

063/ 第三章
都说了我不会哄骗女人，果然还是被怀疑了。

093/ 第四章
盛惠惠这个名字所拥有的人生都不属于她，既然如此，那她又是谁？

123/ 第五章
她还以为未来世界的人用的武器起码是枪呢，结果居然抄了把菜刀。

目录

153/ 第六章
难道从前的一切就真是假的?
你没有哪怕是一丁点儿的真心?

183/ 第七章
"救命之恩无以为报,我要以身相许!"
"嗯,精神病院往那儿走。"

211/ 第八章
"那你要做好给买买买的准备咯。"
"遵命,我的公主殿下。"

241/ 第九章
"再抱我一会儿好吗?"
"我从未感觉这么孤独过。"

269/ 番外一
徐翰卿·他死在后半生唯一的美梦里

273/ 番外二
张昔微·她与盛惠惠的故事就此展开

第一章

"那个 gay 里 gay 气的小基佬是怎么回事？！"
"那个土里土气的男人婆是怎么回事？！"

GUDUYOU
CUICAN
DENI

01. 我也很受伤，我也很无奈，我也很绝望的好不好？好歹我也是个少女心未死的妹子啊！

盛惠惠昏昏沉沉地躺在床上，做了个奇怪的梦。

梦中光怪陆离，有科幻大片般的飞行器，有未来战士般威风凛凛的铠甲战士，而她则穿着维多利亚时期的奢华鲸鱼骨架束腰裙，迎风站在破损的宫殿前，一滴晶莹剔透的泪水从她脸庞滑落，"滴答"一声溅落在地，霎时迸射出耀眼的七色光辉，然后她听到自己的声音缓缓响起："哦！你们都是如此英俊，真的很难抉择啊，很难抉择，不如……全都投入本公主的怀抱吧！唔哈哈哈哈……"

随着她声音的落下，原本湛蓝的天空突然飘落无数粉色泡泡，每一个站在她面前的骑士和王子都面色绯红，她还在纠结着该从谁开始调戏,就有一道震耳欲聋的"丁零零"声雷鸣似的灌进她耳朵里,一声又一声地在她脑袋里炸开。

依旧闭着眼睛的她猛地一个翻身,直接把还在"丁零"作响的闹钟甩到下铺。

世界终于安静,她神志不清地仰躺在床上叹气,足足叹了三四秒,整个人才终于有要醒过来的迹象。然而,她并没有爬起来,又足足过了十分钟,手机上设的第二闹钟响了两三秒才彻底撑开她的眼皮。

半睡半醒的她一个鲤鱼打挺,终于从床上弹起,然后以惊人的速度穿好衣服,"嗖嗖"往床下爬。

作为一个急着找实习工作的大四毕业狗,盛惠惠已经接连被虐了几十回合,宿舍里的室友都已功成身退,找到工作,唯独她一人依旧在无休无止的面试旋涡中挣扎沉沦。事到如今,宿舍四人走得只剩下她一人,即便她神经再粗也难免会着急。

这一个月内,她已面试了不下二十家公司,最后却没任何一家公司和她有进一步联系。昨天下午六点前,她又接到两个面试电话,一个约在今天上午九点半,另一个则约在下午三点半。

上午那家公司距离学校不远,况且她又是个动作麻利的人,短短十五分钟就能收拾好一切，即便现在已经八点四十，对她而言这个时间都绰绰有余。

胡乱洗了一把冷水脸的盛惠惠算是彻底清醒，她顶着两个硕大的黑眼圈，望着镜子里的自己。

那面在宿舍里悬挂了四年以上的镜子清晰映出两眼呆滞的她。

那是一张猛地望过去压根儿就辨不出性别的脸，十分完美地避开了可爱、清秀、漂亮等美好字眼，一头乱糟糟、无限接近于子弹头的谜之发型，因为长期熬夜和吃泡面而导致脸色蜡黄以及几乎覆盖五分之一张脸的黑眼圈……无一不在说明，她是个极其普通，甚至有点颓废的人。

发了近一分钟的呆后，盛惠惠又是一声长叹，不禁摸着自己的脸，开始喃喃自语："也是万万没想到，我居然是个这么有少女心的人啊，居然会做这种玛丽苏公主梦……"

感叹完毕她又往脸上泼了一把水，连水都懒得拿毛巾擦干的她就这么出门面试去了。

盛惠惠如今所在的H市是当之无愧的国际化大都市，今天所要面试的公司是一家以化妆品及日化为主的中英合资公司，前来面试的人自然多不胜数。

所幸她来得早，等了不到一刻钟就有人领着她去面试。

面试官是个典型的H市小资男，三十岁上下，穿着剪裁适宜的西装，头发稍长，略有几分凌乱，留有一圈淡淡的络腮胡，看似笑容和蔼，眼睛里却无任何与人亲近之意，甚至还带着几丝傲慢，与绝大多数的H市人无异。

在面试官的注视之下，盛惠惠莫名有几分紧张，面试官一开口就让她重新做了次自我介绍。

这是盛惠惠面试的第二十一家公司，之前的二十家公司也都让她做过自我介绍，这种事对她来说手到擒来。

她的自我介绍很简短，不到三分钟便已说完。

她本已做好了进入下一步的准备，面试官却将目光移到她头上，继而微微一笑："F大是个相当不错的学校，我们这儿也有不少你的校友。"说到这里他有意停顿了一下，"只不过，你是我面试的这么多人中最独特的一个。"

面试官所谓的"独特"二字不言而喻，无非就是特指盛惠惠的超短发型，即便他没有明说，她也能大致猜到。

正因如此，他接下来要说的话，盛惠惠已经大致能猜到，无非就是问她为什么会留这么短的头发。

正如盛惠惠所预料的，面试官下一句果真是问这个。

即便是再不想回答，盛惠惠也只得耐着性子去解释："我小学六年级之前也是留的普通短发，后来一次意外，把我的头发给烧了，我只能去理发店剪个超短发。慢慢地，我就习惯了这种长度，方便又省事，之后就再没留长过。"

盛惠惠都这么说了，一般人听了都不会再纠结头发的问题了吧？可这面试官偏不，他就是这么任性，非要继续在这种莫名其妙的问题上死磕，一会儿问她将来有没有留长头发的打算，一会儿又问她为什么不留个更有品位些的短发……总之，搅得盛惠惠烦不胜烦。

好不容易等到他不和盛惠惠纠结发型问题时，他又开始问盛惠惠为什么会选人力资源相关的专业，言下之意，从事人力资源的多为俊男美女，盛惠惠怎么看怎么不合适。

盛惠惠的学习成绩着实算不上好，也就是人品大爆发才考上F大这种名校。如果有选择的余地，她也不想学这种专业，这种事她也不想去隐瞒，十分直截了当地说了实话。

面试官听完沉默了片刻，过了好一会儿才又接着问："你是怎样看待现在面试的这份工作？如果曲试通过了，却将你调到别的岗位，你是否愿意？"

盛惠惠想都不想便说："我需要考虑考虑。"

听到"考虑"二字，面试官脸上的笑瞬间就绷不住了。

"我相信你来面试之前也应该查了不少我们公司的资料，那么你也应该明白，在你说考虑我们的时候，我们同时也在考虑你。"

盛惠惠看起来神经大条，实际上十分敏感，面试官既然这么说，她便意识到自己说错了话，可她性格倔强，即便再重来一次，她也依旧会这么说。以她的性格，即便真进了这家公司，恐怕也待不了多久。

盛惠惠刚准备开口道歉，就有一大通话排山倒海般朝她压来。

"你要知道，你现在所在的地方是H市，你所在的这个区，正是H市最贵的地皮，均价十万一平方米……"

盛惠惠已经有几分疲倦，在H市读了四年大学的她又怎会不知道这块地皮究竟值多少钱？她不知面试官在自己面前提起这个究竟是何用意,只能点头说:"我知道。"

面试官的话题又从地皮上跳到了别的地方。

"我做了这么多年的 HR,也不是没见过你这样的人,学历还算可以,却又算不上顶尖,心高气傲,看不清事实,往往导致的后果就是始终找不到工作。在你之前不知道有多少个人也跟我说要考虑一下,还是个 A 大研究生呢,结果隔了一年他还是跟我打电话,问我们这里是否还招人……"

接下来的话,盛惠惠一个字都听不进,面试官却一直用平缓的语调说着讽刺的话。

这场面试足足持续了四十分钟。

四十分钟后,噼里啪啦说完一通话的面试官脸上再度挂上微笑。

早就如坐针毡的盛惠惠立马跳下凳子往门外逃,关上门的那一瞬间,她仿佛听到了纸张被撕碎的声音,回头透过门缝望了一眼,发现被撕碎的果然是她的简历。

一股无名业火腾地从肚子里燃起,更多的还是委屈。

她捏了捏拳,咬牙又转过身去,面向面试官的办公室,再度敲门踏进了办公室。

面试官显然没料到盛惠惠会去而复返,不禁有几分诧异。

盛惠惠竭力克制住自己的表情和情绪,僵硬地扯出一抹笑:"不好意思,我落了件东西在您这里。"

除了那份简历,盛惠惠几乎是空手过来的,面试官一时间也闹不清盛惠惠所说的东西究竟是什么。她却不管不顾,昂首挺胸,一路走至面试官办公桌前,当着他的面捡起了那堆散落在桌面上、尚未来得及丢入垃圾篓的碎纸屑。

"对看不上我的您来说这或许是一堆垃圾,可即便是垃圾也是我倾注了无数心血,不断完善才做出的简历,就不留在您这儿占地方了,毕竟这块地均价十万一平方米呢。"

随着电梯的下降,盛惠惠的心也在不停往下沉,她抓住碎纸屑的左手指关节处都微微泛着白,大概是握拳的力度太大导致的。

两分钟后,原本雄赳赳气昂昂迈进电梯的她像棵被霜打蔫的茄子似的垂着脑袋走出电梯。

按理说遭人打击什么的她也都习惯了,可怎么还是这么不开心呢?

她前脚才踏出大厦，塞在破洞牛仔裤里的手机便响了。

一接通，就听电话那头的张昔微问："惠惠，你面试完了吗？过了没？"

张昔微的声音一如既往地轻柔，听到这话的盛惠惠却把两条眉毛给拧成麻花，好不容易才散开的委屈，没由来地又涌上心头，却是一张嘴就开始吐槽："没过！没过！真是没见过这么差劲的公司，还能不能再不靠谱儿些！那个面试官啊真的是装×到不行，他还跟我炫富啊！跟我说这块地均价十万！我又不是不知道这里地价贵，地价贵地皮也不是他的，装什么装！等公司成了他的再来跟我装啊！"盛惠惠越说越激动，说到后面，可谓是口沫四溅，"神经病啊！脑袋被驴踹了吧！还有啊！愿意留什么发型是老子的自由，关他什么事！"

盛惠惠显然已失控，几乎是举着电话在咆哮，引得路人纷纷注目围观。

张昔微向来好脾气又有耐心，即便盛惠惠从头到尾都在吐槽，她都在认真倾听。直到盛惠惠发泄完毕，她才弯起嘴角，无奈一笑，温温柔柔地说："别气啦，别气啦，遇到这种小心眼儿的面试官只能算你不走运。"说到这里，她又话锋一转，继而开始对盛惠惠循循诱导,"都说了让你把头发留长嘛,你底子其实挺不错的,为什么总执着于留这种短发呢?"

这话盛惠惠实在没法接。

她留平头的历史着实太过久远,远到连她自己都忘了最初的理由,现在再被人问起,也只能把锅甩到让她体验到短发有多方便的理发师身上。

然而她才不会在张昔微面前随意乱甩锅,捂着自己平得像块搓衣板的胸,凄凄惨惨地对电话那头的张昔微说:"不要问我这种伤感的问题,我也很受伤,我也很无奈,我也很绝望的好不好?好歹我也是个少女心未死的妹子啊!"

张昔微明显无语了,隔了半晌,才又说:"得,不跟你继续纠结这个,你今天还有没有别的面试?我今天正好不用拍片,而且现在就在你面试的公司附近,待会儿过来找你。"

盛惠惠俨然已从"悲痛"中抽回心神,摸了摸鼻子:"下午三点半还有个面试呢,你要来就得赶紧的啊。"

盛惠惠挂断电话不到十分钟,就有一辆"肌肉感"十足的科迈罗闯入她视线中。

张昔微肤白胸大腿长，一直都是F大的风云人物，和她的女神形象不同，看似柔弱的她向来独立，实则比盛惠惠这个外表爷们儿的糙汉要坚韧得多。故而当所有人都不解她为什么要买一辆这么爷们儿气质的车时，唯独盛惠惠一人说，刚柔结合，与她绝配。

科迈罗停在距离盛惠惠十米远的地方，盛惠惠连忙起身，拍了拍屁股，一溜烟跑到车前敲车窗。

随着车窗的降落，慢慢地露出张昔微那张我见犹怜的温柔美人脸。

也不知究竟是盛惠惠内里太爷们儿，还是张昔微这张脸长得让人忍不住想去调戏，才一看到张昔微，她就已控制不住体内流窜的洪荒之力，一派风流倜傥地挑起了张昔微尖细的下巴，眯着眼睛说："两个月不见，我家昔微越发惹人疼了。"

张昔微虽然是个高挑儿的美人儿，却长了张楚楚可怜、惹人疼的脸，从和张昔微混熟开始，盛惠惠就总在找机会调戏她。

这种事在她俩之间再正常不过，可这一次，盛惠惠才把话说完，就莫名地感受到一股凛冽的杀气。

她一脸茫然地将目光投向杀气飘来的方向，直到这时候才发现，原来车里还有别的人。

那人坐在后排，张昔微的美色又太过诱人，以至于一开始盛惠惠都没发现车上还有别的人。

随着盛惠惠目光的移动，她终于看清后排那位仁兄的真实面貌。

F大俊男美女不少，盛惠惠眼光也算刁钻毒辣，可眼前这位仁兄……着实长得好看！

是的，这是盛惠惠看到这位仁兄后脑子里冒出的第一个念头，哪怕此时此刻他正朝盛惠惠翻着白眼，哪怕他穿的这身行头实在是花里胡哨得像只山鸡，也掩盖不了他是真长得好看的事实。甚至光从脸来看，他比张昔微还好看，从五官到脸形都无可挑剔，非要挑出根刺的话，也只能说他长得太娘了。

于是，盛惠惠与那仁兄短时间的相互打量后，两人同时开口质问张昔微：

"那个gay里gay气的小基佬是怎么回事？！"

"那个土里土气的男人婆是怎么回事？！"

两人同时开口，同时话音落地，两个声音两句话完全混淆在一起。

张昔微有些无奈地皱起了眉头，直摇头："你们这是干什么？一见面就要掐的节奏？"她这话是盯着 gay 里 gay 气的仁兄说的，随后又将目光移至盛惠惠身上，声音却明显比刚才柔了几分，"总之，别闹了，先上车再说吧。"

既然张昔微都发话了，盛惠惠也不好继续站在车外和那"小基佬"吵下去。

盛惠惠屁股才接触到椅子，那位 gay 里 gay 气的仁兄目光又落到了她身上，而且明显带着恶意的挑衅。

盛惠惠这人没别的，就是敢于接受别人的挑衅，登时就望着后视镜，瞪了回去。

两个第一次见面的人就这么莫名其妙地盯着一面后视镜"激战"了起来，他们要是活在二次元，目光相接触的地方一定会迸射出无数道火花，同时还会配上"嗞嗞嗞"的电流声。

大约对视了三分钟之后，两个都快在镜子里瞪出青光眼的人终于都按捺不住了，又同时出声：

"你还没说，这死基佬是怎么回事！"

"你还没说，这男人婆是怎么回事！"

两人的声音又混杂在一起，落入张昔微耳朵里，就像用指甲在黑板上挠一样刺耳难听。

张昔微揉了揉突突直跳的太阳穴，越发无奈了："唉……真拿你们两个没办法。"

说完这句话，她先是回头望了 gay 里 gay 气的仁兄一眼："子安，她就是我经常跟你提起的闺密盛惠惠。"随后又转头跟盛惠惠说，"他是潘子安，我们社里的首席造型师，这次是专门来替你改造型的。"

听完这话，盛惠惠当即就装出一副恐慌至极的模样，使劲儿摇头："不不不，我少女心未死，还不想被这小基佬改造成人妖。"

潘子安也不是省油的灯，听完后发出一声冷笑："哼，就算你想变人妖也缺了个东西。"说到这里，又无比轻蔑地扫了盛惠惠一眼，"不过，我看你这德行，还真适合装个假的。"

平心而论，在这方面，盛惠惠还真不像个女孩子，和陌生男子说起这种鬼畜话题，脸不红心不跳也就算了，还能一派悠闲自得地挖着鼻子，见招拆招地反驳："别把我跟你混为一谈，就算你想变人妖，我也不会接受从你那儿割下的东西。"

大抵是没料到盛惠惠竟这么厚颜无耻，已经无力反驳的潘子安当场就怒了，刚要开口骂人，张昔微又是一声长叹："你们能不能不要这么旁若无人地争论着这种奇怪的话题？"

张昔微的话倒是奏效了，两人这才意识到自己究竟当着张昔微说了多没节操的话，盛惠惠倒还好，反正她在张昔微面前没节操惯了，潘子安倒是真气得想杀人。

02.什么叫乐极生悲？什么叫得意忘形？盛惠惠这辈子都对假发有阴影了！

这么一番折腾，两人终于消停了下来，车又开了差不多半个小时，就抵达了张昔微家。

张昔微和盛惠惠是大学同学兼大学室友，大二的时候张昔微被人发掘，开始在杂志社当兼职平面模特，直到大四快毕业了，才下定决心正式签约成为职业模特。

盛惠惠向来是个懒散又随意的人，即便与张昔微认识已有三四年，也依旧不知她家中情况，只隐约猜测到，大概是家底不错的那种女孩子，否则即便她从大二开始就做兼职模特，也没法在H市这种一线大城市买房买车。

张昔微的房子虽然买了很久，读书时期她却一直住宿舍，直到正式签约，才把房子装修好，搬出去住，所以这也是盛惠惠第一次来到张昔微家。

H市的房价贵得逆天，盛惠惠刚跨进张昔微家就整个人都不好了，她虽然知道张昔微是个小富婆，却怎么也没想到，竟富到能在这种地段买得起复式楼的地步。

捕捉到盛惠惠眼中那丝惊愕的潘子安很是不屑地翻了个白眼，阴阳怪气地说了句："哪儿来的土包子，眼珠子都要瞪出来了。"

盛惠惠本来就是个踩了狗屎，人品大爆发才从小县城考来H市这种国际化大都市的土包子，这方面她倒是不怕被人说，只是潘子安那副嘴脸着实得她手痒想揍人。

于是，身随心动，她一巴掌直接呼在潘子安那张如花似玉的小脸上，五道绯红的指痕清晰可见。

别说是受害者潘子安本人，就连素来淡定的张昔微都被盛惠惠这一巴掌给吓蒙了。

盛惠惠却像个没事人似的收回手，在潘子安即将暴走前，把手一翻，一脸无辜地说："呀，好大一只蚊子！"

"噗！"张昔微忍不住笑出了声。

潘子安几欲喷出的怒火又被生生压了回去，他再怎么都是个男的，在这种情况下，要是真和那男人婆去计较，还不知道昔微会怎么想。

理清一系列利害关系的潘子安只能咬着后槽牙生生咽下这口气，用一双狭长且上挑的妩媚狐狸眼狠狠瞪了盛惠惠一眼，君子报仇十年不晚，这一巴掌还愁还不回来！

盛惠惠又怎会猜不透潘子安的心思，她小人得志地歪着嘴朝潘子安贱兮兮一笑，故意搂着张昔微的香肩，用以前从未有过的语气朝张昔微撒着娇。

"昔微，咱别理这个死基佬了，你昨天不还说从法国给我带了礼物吗？快点儿给我看看嘛！"她这番话虽然是贴在张昔微肩上说的，眼睛却一刻都没离开过潘子安的脸，眼神恶劣且愉悦。

两个月前张昔微飞巴黎拍片，正好看到盛惠惠发消息抱怨自己面试又被刷，于是便有了帮盛惠惠改头换面的想法，只是"直男癌"早已根深蒂固地扎在盛惠惠这货的脑子里，任凭张昔微如何去洗脑都无任何进展。纵然如此，张昔微仍是没放弃，特意给盛惠惠带了礼物回来。

　　张昔微给盛惠惠带的礼物是一条小礼服裙外加一双五厘米的小高跟，简约又不失精致，不论日常打扮还是参加晚宴都不违和。不得不说，张昔微的眼光着实不俗。

　　换作从前，看到张昔微给自己送这么淑女的东西，盛惠惠肯定会扯着嗓子喊："老子哪有这么娘！"

　　而今的她已遭受太多打击，内心已沧桑到无法用言语来形容，别说是让她换形象，即便是让她去整容，她都能干脆利落地点头答应。

　　改变形象的第一步自然得从换发型和穿衣风格开始。

　　盛惠惠是一头无限接近子弹头的酷炫超短发，除了让头发慢慢长长，别无他法，可以说，短时间内根本就没法动，于是换发型方面只能寄托于戴假发上。潘子安既然受张昔微委托，自然做好了这方面的准备，他这次足足带了十顶假发过来，加上张昔微家里的五顶，统共有十五种发型可供盛惠惠挑选，然而现在还不到换发型的时候。

　　潘子安无比嫌弃地将盛惠惠从头到脚打量一遍，才打开自己的化妆箱，开始给盛惠惠上妆。

正如张昔微所说，盛惠惠其实底子不错，别的不说，光是她的脸形就已经很加分——一张十分清秀柔美的瓜子脸，眼睛或许不够大，配在这张巴掌大的小脸上却是绰绰有余。归根到底，她还是眼圈太大皮肤太黄，以及发型太坑爹，审美又略反人类。

除去这些，盛惠惠的长相倒是近些年大受追捧的小清新类型，在潘子安那双手的装点下已经初显雏形。

这大概是除了参加小学合唱表演外，盛惠惠第一次化妆。

潘子安人虽娘炮了些，审美倒是十分靠谱儿，他完全挖掘出了盛惠惠的脸部优势，虽然化了足足一个多小时的妆，整张脸却十分清透自然，几乎看不出妆感来。

盛惠惠整张脸长得最好的地方莫过于脸形和嘴唇，别的地方都算中规中矩，唯独这两处格外出挑，特别是她的嘴唇，唇线分明，上唇唇珠明显，是像猫咪一样可爱的 M 字微笑唇。

有了脸形和嘴唇的优势，再化个精致的妆，配上合适的发型和衣服，盛惠惠直接从一个五分普通长相的人噌噌往上蹿，成了接近七分的小清新女神。

潘子安对自己的这番改造很是满意。

站在全身立镜前的盛惠惠几乎不敢相信自己的眼睛，镜子里映出的那个人实在陌生，她瞪着眼睛照了足足一分钟，才彻底接受这个事实。

　　张昔微笑眯眯地问道："怎么样？是不是第一次发现自己居然这么漂亮？"

　　盛惠惠仍旧惊讶得说不出话来。潘子安忍不住开始嘚瑟："底子嘛，一般般，关键还在于我能化腐朽为神奇。"

　　盛惠惠完全无心和他去斗嘴，更何况他也算是帮了大忙，这种情况下再和他吵，必然会落于下风。

　　中饭是在张昔微家吃的，盛惠惠除了泡面什么都不会做，窝在沙发上边看电视边等张昔微和潘子安做饭。

　　她的注意力虽然完全被电视所吸引，却依旧能发现些不同寻常的东西，譬如说……潘子安这死基佬绝对对张昔微有意思！

　　她敢打包票！

　　等到张昔微和潘子安做完饭已经下午一点半，这里距离盛惠惠第二家面试的公司不近，盛惠惠花了不到十分钟就吃完了饭，踩着那双五厘米高的鞋一瘸一拐往门外跑。

张昔微是个典型的淑女，吃饭速度对盛惠惠这种人来说慢到匪夷所思，故而即便她开口说要送盛惠惠，也遭到了盛惠惠的拒绝。她既不想迟到，又不想张昔微为了送自己直接甩下饭碗，不管怎么说，还是自己走更靠谱儿。

也不知道究竟是换了形象后人更自信了，还是大家都是看外形的外貌协会，盛惠惠第二次面试无比顺利。

这家公司虽不是上午那种所谓的中英合资，却也相当不错，不论是公司地段，还是公司规模和效益都比那家好。

盛惠惠心情愉悦得几乎就要飞起，回宿舍的路上整个人都呈现一种"用笑容点亮了全世界"的状态。

再次回过神来，她竟已经站在了公交车上。

即便今天这趟公交车很挤，并无座位，也无法影响她的好心情。

距离盛惠惠学校还有一站路的时候，司机突然猛地踩了一脚油门，单手握住手扶杆的盛惠惠几乎整个人都要飞出去，还好她眼疾手快，赶紧伸出另一只手来抓住了手扶杆，这才没有被甩出去。然而惯性使她整个人都往后倒，然后她才后知后觉地发现自己似乎撞在了一个人身上。

一切都发生得太快,那人身量又太高,那一瞬间,清冷的皂香悉数向她涌来,盛惠惠甚至都来不及回头去看自己究竟撞到了什么人,公交车上的报站声便响起,她只匆匆说了句不好意思,便踩着那双五厘米的小皮鞋颤颤巍巍往车下跑。

她的动作有些缓慢,司机又是个急性子,她前脚刚落地,后门就"砰"的一声被关上。

飞驰而去的公交车扬起一阵风来,盛惠惠只觉头顶一凉,已然远去的公交车上突然传来一阵嘈杂声,乱七八糟混淆在一起的声音里,她只听清了一句话:"喂!美女!你的头发!"

什么叫囧?什么叫无地自容?

头上只剩一张发网的盛惠惠脸红得像是刚从锅里捞出来的虾,她下车的这一站有不少正在等车的学生,此时此刻全都满脸惊恐地朝她行注目礼,她简直想挖个洞钻进去。

她竭力表现出一副什么都不在乎的模样,一把扯掉头上的发网,大步流星地往宿舍跑。

什么叫乐极生悲?

什么叫得意忘形？

盛惠惠这辈子都对假发有阴影了！

别看她这人平时粗枝大叶的，其实十分要面子，坐公交车被挤掉假发这种糗事，打死她都不会主动跟人说。

于是尴尬了一整晚的她，瞬间就被打回了被改造前，虽然脸上抹了一层张昔微送的隔离来调和肤色，可发型依旧堪称酷炫，以至于前台小姐姐与她擦肩而过时压根儿就没认出来。

她虽然在心中默默吐槽："不就是少了顶假发？难道还真认不出我了？"但脸上依旧堆起笑，三两步跑过去，戳了戳前台小姐姐的肩："你好，我是新来的。"

今天的她虽然肤色比平常白皙很多，可那发型依旧酷炫到令前台小姐姐不忍直视的地步，和昨天那个妆容清透的小清新美女中间隔了十个春哥的距离。前台小姐姐右手托着下巴，很是认真地盯着她看了好一会儿，终于弯起嘴角："你是来面试的？请问有带简历吗？"

盛惠惠脸上的笑容瞬间僵住，露出一个复杂的表情："那个……我是来上班的。"

这就苦了我们前台小姐姐，她向来自诩记性好，只要看过的脸，连人家脸上有几颗痣她都能记个大概，然而眼前这个重金属朋克风小妹，她是真没印象，不论在脑袋里搜索几遍，最终结论都是，查无此人！

盛惠惠表情越来越复杂，她也不想继续为难人家，只能实话实说："我是盛惠惠，昨天来面试行政助理的那个。"别问她为什么心虚，这种丢了假发就跟丢了全世界一样的感觉是何等心酸。

"盛惠惠"这三个字虽然都很普通常见，但把这三个字拼凑在一起做名字的人倒是不多，前台小姐姐凑巧只见过昨天一个，再加上昨天那姑娘实在长得不错，于是印象便更深刻。盛惠惠这么一提，她就马上回想起来了，却是两眼呆滞一脸不敢相信，不知道的还以为她突然遭了雷劈。

这也不能怪前台小姐姐，换作谁都没法淡定接受文艺清新小美女一夜间变朋克风杀马特的事实。

前台小姐姐的职业素养倒是相当不错，虽然被这比悲伤更悲伤的真相劈得外焦内嫩，却依旧能从容应对。她也不继续和盛惠惠在"画风"问题上多做纠结，应付了盛惠惠后，便开始思考下一步该怎么做。

盛惠惠面试的岗位是总经理助理,可她如今这副尊容……前台小姐姐越想,表情越微妙,她很纠结,不知道该不该带盛惠惠去见新来的总经理……

盛惠惠这货自然不明白前台小姐姐在想什么,莫名觉得自己没脸见人,兀自垂着脑袋杵在原地。

就在前台小姐姐进退两难之际,突然响起一个女声:"小刘!原来你在这儿啊,这是咱们策划部新来的徐经理。"

随着那个嗓音的落下,前台小姐姐的心算是彻底沉入谷底。

盛惠惠便是在这时候见到了自己将来要鞍前马后好好伺候的直系上司——徐翰卿。

盛惠惠对徐翰卿的第一印象十分深刻,殊不知人家对她的印象更深刻,可谓是到了哪怕地球毁灭都不会忘记的地步。

盛惠惠对徐翰卿印象深刻,无非就是人家长得好看,而且又不是潘子安那种雌雄莫辨的娘炮式好看。

她肚子里积累的形容词有限,偷偷瞥了徐翰卿老半天,最终只得出一个结论——徐总长了张贵族脸。

她不是专修美学的,无法在这么短的时间内将徐翰卿整张脸拆开一点一点进行分析,最直观的感受便是,他身上有一股说不清道不明的贵气,俗称长了一张贵族脸。

盛惠惠在偷瞄贵族脸上司徐翰卿,而徐翰卿亦盯着她看,只是不知道为什么,她总觉得徐翰卿看着她的眼神不太正常,或者说,有那么一点儿奇怪。

当徐翰卿从前台小姐姐口中得知盛惠惠便是他的助理时,徐翰卿脸上的表情越发微妙。盛惠惠看得很清楚,他虽然有意掩饰,但还是在不经意间流露出了几分嫌弃。

上班第一天就遭上司嫌弃,盛惠惠泪流满面的同时又莫名地感到悲愤,难道这个世界真堕落到只看脸的地步了吗?

盛惠惠有个独立的办公室,就在徐翰卿办公室外面,虽然两人的办公室被隔开,但一整天下来仍旧有很多碰面的机会。不知道究竟是昨天公交车上掉假发事件给她造成的心理阴影太大,还是她太敏感,每次和徐翰卿碰面,她都莫名觉得这位徐总在时不时地偷瞄她头顶。然而这位徐总的演技太差,目光又过于炙热,以至于几乎每次偷瞄都会被盛惠惠逮个正着。这也就算了,偏偏这货又不死心,明明都被抓了无数次还是本着不抛弃不放弃的原则,一次又一次地偷瞄。

　　这种感觉简直让人崩溃,要不是他是自己上司,盛惠惠几乎都想冲上去揪着他领子大声逼问:"你瞄什么瞄?有什么好偷瞄的!难道是看中了我的发型?想剪同款不成!"

　　盛惠惠很尿,借她十个胆子都做不出这么丧心病狂的事。为了不让领导丢面子,她只能假装没发现,咬牙忍耐徐翰卿那奇怪的目光。

　　上班第一天就这么煎熬,盛惠惠突然觉得人生无望,莫名想起了《这个杀手不太冷》中的经典台词。

　　玛蒂达问里昂:"人生总是这么痛苦吗,还是只有小时候是这样?"

　　里昂回:"总是。"

　　盛惠惠越想越觉悲凉凄清惆怅……是啊,她的人生为什么总这么痛苦?

　　上班时间本不算长,只占一天的三分之一,虽然只有八个小时,盛惠惠却活生生过出了八个世纪的既视感。

　　她好不容易熬完这八个小时,本以为替徐总收拾完办公桌就能美滋滋地回去，结果却让人惊喜意外到心肌梗死。

盛惠惠本性虽然懒惰，倒是十分听上司的话，徐翰卿不过是嘱咐她整理下桌面，结果她连办公桌的每个抽屉、每个角落都没放过。然而悲剧就是在这种时候发生的，当她打开最后一格抽屉时，整个人都石化了。

不为别的，只因那空空荡荡的抽屉里无比"风骚"地躺了一顶假发。

换作平常，盛惠惠即便是看到抽屉里塞满了假发估计都不会如何，顶多觉得徐总是个对假发情有独钟的变态，坏就坏在现在是特殊期，一个谈假发色变的特殊时期！

一个不好的念头瞬间涌上心头，盛惠惠无比艰难地咽了一口唾沫，自言自语地安慰自己："假发……哈哈，徐总办公室里怎么会有假发呢，嘿嘿，送给女朋友的吧……"

她先是自言自语地念叨了两声，随后才笑容僵硬地将那顶假发拿了出来。

这柔顺发亮的黑长直，这熟悉的手感，这一点儿也不陌生的长度……

盛惠惠像是触电一般将假发丢回抽屉里，中邪似的碎碎念："骗人的吧……骗人的吧，这一定不是我的那顶假发，这不是我的那顶假发……"

她犹自沉陷在恐慌里，丝毫没发现有人走近。

等她反应过来的时候，徐翰卿离她已不到半米的距离，一股似曾相识的冷皂香就这般不期然地在她鼻尖幽幽散开。

盛惠惠只觉脑袋里有个什么东西，"砰"的一声炸开，答案是什么，昭然若揭，她都快哭出声了，眼泪已经在眼眶里打转。

有谁能告诉她，一个长着贵族脸的大企业策划经理为什么要跟她这种穷人一起挤公交车？挤公交车就算了，别人掉顶假发，他为什么还要捡？就算他真对假发爱得深沉，捡了又何必带来公司呢？躲在家里偷偷观赏不就好了！何必带到公司来？！这种变态的行为一点儿也不符合高大上的总经理的形象啊！

试问她以后还要怎么见人！

她以后要怎么面对自己的上司，啊啊啊？！

第二章

很帅！帅到即便我被他霸王硬上弓，
所有人都会觉得我占了他便宜的地步。

GUDUYOU
CUICAN
DENI

01. 此时此刻的她心中简直有只大鹏在展翅,"刺啦"一下遮蔽了天日,眼前一片除了黑还是黑。

盛惠惠的表情实在太过扭曲,徐翰卿却完全无视,注意力全都集中在被盛惠惠甩回抽屉的假发上。

他盯着海藻般铺散在抽屉里的假发半晌,缓缓张嘴,终于说了一句话:"忘记还你了。"

徐翰卿这人虽然长了一张吸血鬼伯爵似的贵族脸,说起话来却总是一副一本正经的模样。整整一天下来,盛惠惠都没见他笑过,不论多小的事都能被他说得非常严肃。就比如他现在说的这句话,明明可以用很轻松的语气来说,他偏偏像交代后事一样郑重其事,只是眼神没平时那么坦荡,明显有些心虚。

盛惠惠全程都在观察他的表情，她才不会蠢到真相信他是忘记了，否则又怎么解释他一整天都往她头顶瞥！

她当然不可能说出这种话，抽了抽脸部僵硬的肌肉，笑容十分狰狞，不知道的，还以为人徐翰卿与她有着不共戴天的血海深仇。

"谢谢徐总！"

徐翰卿仍像个瞎子似的无视她的表情："不客气。"

当天晚上盛惠惠又失眠了，一直在戴假发和不戴假发之间犹豫纠结。

第二天早上，前台小刘在看到重新"长回"一头长发的盛惠惠时又是一脸茫然。

盛惠惠顶着两个乌黑的眼圈，满脸心虚地解释着："我想了整整一晚上，还是觉得改变不要这么剧烈比较好，什么事都得慢慢来。"

小刘一脸尴尬："嗯……"

盛惠惠也知道自己完全没有跟人解释的必要，一说完就觉得自己是个智障。

说出去的话如泼出去的水，即便她再后悔，覆水也已难收，只能低着头赶紧往自己办公室走。

令盛惠惠没想到的是，徐翰卿居然来得这么早，她先是发了一会儿愣，然后赶紧丢下自己的包，替他冲泡好一杯咖啡。

当盛惠惠端着咖啡走进徐翰卿办公室时，徐翰卿正好放下了手里的文件，抬头问她："你现在住在哪里？"

盛惠惠愣了一下才答："我现在还住宿舍。"

徐翰卿轻描淡写地"嗯"了一声，停顿片刻后，突然开口："有没有兴趣跟我一起租房子？"

"这这这……"盛惠惠手一抖，洒了一桌咖啡，还差点儿烫到自己的手，正龇牙咧嘴地望着徐翰卿。

盛惠惠的反应实在是剧烈，本以为徐翰卿又会像前几次一样依旧选择性无视，岂知这货也开始不走寻常路，于是，他那波澜不惊如得道高僧般高深莫测又严肃的脸上终于有了别的表情。虽然他眼中依旧毫无波澜，仅仅是皱起了眉毛而已，却也足够她在心中脑补十万字剧情。然后，她又听到了他那四平八稳，还带了那么一丝娇嗔以及委屈的声音："你是不是不想和我一起住？"

听闻此话，盛惠惠连忙捂住胸口，俨然一副惊吓过度的样子，难为她能将一双美瞳都戴不进的眼睛瞪得如铜铃，她愣是蒙了好久才回过神来，然后一边摇头一边发出谄媚的笑声："哪里哪里，求之不得！求之不得！嘻嘻，嘻嘻……"

"既然如此，晚上一起吃饭吧。"说完这话，徐翰卿又摊开了手中的文件，继续低头看资料。

"哈？"盛惠惠被搅得一头雾水，完全搞不清现在究竟是什么状况。

自从听到了这个消息，盛惠惠一整天都很忐忑不安，好不容易熬到了下班，她硬是拖到全公司的人都走得差不多了，才和徐翰卿一起走出办公室。

意外总是接踵而至，她本还在猜测，徐翰卿究竟会带她去什么地方吃饭，当事实呈现在眼前时，她几乎都想以头抢地。

当一碗热乎乎的麻辣烫被手脚麻利的大妈端上桌时，盛惠惠才终于被拉回了现实。

她如今所处之地是个油乎乎破破烂烂的路边摊儿，和坐在她眼前的这位西装笔挺的贵族脸总经理完全就像是两个世界的产物。

她不明白，是真不明白……他家上司为什么这么接地气？难道人长得好看就可以抠门儿？就可以任性？

两人相顾无言地吃着麻辣烫，盛惠惠越吃内心越复杂，她家总经理却四平八稳地端坐在油唧唧的椅子上，腰杆挺得笔直，每一个动作都标致优雅得如教科书，不知道的还以为他在米其林三星餐厅吃着日本顶级霜降牛肉。

盛惠惠完全不知该以怎样的形容词来形容自己此刻的心情，一碗麻辣烫下肚，徐翰卿终于起身，领着她往公交车站所在的方向走。是的，她没看错，就是她经常在公司楼下坐车的那个公交车站。

如果说第一次在公交车上遇到总经理是个意外，那么这一次呢……她实在不知道该如何来解释，只是这个问题实在困惑了她太久了，她不想继续纠结下去，思索半天，才出声："徐总，您是不是对公交车……"

虽然话都已经说了一半，可她想了老半天都没能想到该用什么词来描述才不会显得突兀。

她犹自纠结着，徐翰卿却已经自顾自地答上了，他说："这种车很复古，我很早以前就想试试了。"

盛惠惠压根儿就不知道这货叽叽歪歪在说些什么，生硬地笑了笑,又问:"那徐总您是每天都坐公交来上班吗?其实……这样还挺环保的哎。"

"嗯。"徐翰卿毫不避讳地点了点头。

盛惠惠觉得更尴尬,只得又夸:"那您一定是个环保人士吧。"

"不算。"徐翰卿想了想,才又继续说,"毕竟,我没驾照。"

"噗……"盛惠惠几乎要喷出一口老血,她万万没想到真相居然是这样!

徐翰卿这货吃起麻辣烫来完全一副贵族做派,耗费的时间不少,如此一来倒是成功避开了晚高峰,从前下班都被挤到贴在车门上的盛惠惠头一次坐上座位。

按理说,两个人同坐一辆空车应该会有什么交流吧,然而人家徐总偏偏不,从上车开始就把头撇向窗外,独自一人沉陷在 H 市的夜景中。

盛惠惠嘴角抽了又抽。

不找她说话也好,省得她还要花精力来应付。

盛惠惠宿舍距离公司并不远,却也不近,大概七站的距离,不堵车的时候十五分钟左右就能到,于是盛惠惠和徐翰卿就这般相顾无言地发了十五分钟的呆。直到要下车了，她才伸手戳了戳他的肩："徐总，我要下车了。"

犹自沉浸在夜景中的徐翰卿愣了一下，在公交车停下的那一瞬和盛惠惠同步起身，依旧用他那四平八稳的声音说："我送你。"

今天这一切都发生得很莫名其妙，盛惠惠下意识地想拒绝，徐翰卿却很迅速地跟她下了车，于是她要说出口的话又生生被咽回了肚子里，十分牵强地一笑："呵呵，好呀。"

即便是上次被车门夹掉了假发，盛惠惠也没觉得这段路竟有这么漫长、这么难走，不过是从公交车站走回宿舍而已，漫长得像是度过了两三个世纪。

按理来说，有美男同行，盛惠惠该怀揣着一颗少女心"扑通扑通"小鹿乱撞才是，然而，此时此刻的她心中简直有只大鹏在展翅，"刺啦"一下遮蔽了天日，眼前一片除了黑还是黑。

在这暗无天日又令人绝望的路程中，盛惠惠思考了很多东西，她原本积攒了一肚子的疑惑，准备开口去询问徐翰卿，结果她还没来得及开口，一直保持沉默的徐翰卿又说话了。

隔了这么久，他所说的第一句话便是："到了？"

盛惠惠兀自纠结着，压根儿就没听到徐翰卿说了什么，习惯性地掏出钥匙插进锁孔里。当宿舍门"嘎吱"一声被打开时，徐翰卿又皱了皱眉头，声音里依旧不带任何情绪："怎么没人？难道你一个人住在这里？"

这句话足够长，徐翰卿的声音相比较先前又拔高了几分，这次十分清晰地传入了盛惠惠的耳朵里，她毫不在意地笑了笑，说："是呀，她们早就找到工作了。"

徐翰卿并没有立马接话，微微垂着眼睫，也不知道究竟在思考什么。

盛惠惠才懒得去纠结他在想什么，总之，在她心里，她家上司已经不能被归类于正常人的范围之内。她自顾自地打开了灯，又倒了一杯陈年白开水递给徐翰卿，笑了笑："徐总，您喝水，我这儿只有这个了，您别嫌弃哈。"

徐翰卿接过盛惠惠递来的水，却仍旧没说话，直愣愣地盯着那杯白开水看了许久，才出声："既然如此，那你和我一起住吧。"是毋庸置疑的陈述句而非疑问句。

盛惠惠有点儿蒙，掏了掏耳朵，低声自言自语着："我不会是出现幻听了吧！"

"这不是幻听！"

"噗……咳！咳！咳！"盛惠惠几乎要被自己口水呛死，明明已经在徐翰卿面前做过更丢脸的事，她为什么还是不能习惯这种丢脸的感觉？！

盛惠惠内心很纠结，表情更纠结，而那从认识到现在都保持严肃脸的徐翰卿却突然弯唇一笑，笑得那叫一个春花烂漫千树万树梨花开。她只觉心脏扑通扑通跳得厉害，仿佛下一刻就要冲出胸腔，脸也莫名其妙开始发烫，出现这种异常情况的她压根儿就不敢再用正眼去看徐翰卿，生怕自己一不留神没克制住就扑上去捏人家徐总小脸了。

此时的她内心十分狂躁，只想捂着胸口仰天长啸。

长得好看不要随便乱笑啊！这样很容易被人误会啊！简直就像倚在门框上、朝她挥舞着小手绢说来呀来呀！很容易让人把持不住啊喂！

所以，徐大大！求您依旧保持严肃正经脸，不要随便乱笑了！

心灵感应这玩意儿不是每个人都能拥有的，起码人家徐总和盛惠惠就没有，故而不管盛惠惠如何在心中咆哮呐喊，徐翰卿都不为所动，该怎么笑就怎么笑，甚至笑容比刚刚还要耀眼灿烂，简直都要闪瞎盛惠惠狗眼。

就在盛惠惠竭力克制自己的时候，丝毫不知自己在勾引人的徐总又发话了，他说："是这样的，我刚来 H 市不久，目前为止都还没找到合适的房子，一直住着酒店。"说到这里他稍做停顿，别有深意地瞥了盛惠惠一眼，"既然你现在还住着宿舍，不也就说明你还没找到房子吗？不如我们一起合租，反正我们也是同事，还是上下级的关系，工作什么的就更方便了。"

听完徐翰卿这一番话，盛惠惠直接由狂躁转为暴躁，内心焦灼且崩溃，正因为是上下级关系才更不方便啊！不知道的还以为她想干什么呢！更何况他们男女有别啊！才认识不到个把星期就一起合租，未免也显得她太轻浮了吧！

盛惠惠已经暴躁到两眼喷火的地步，即便没开口拒绝，表情已经说明一切。

徐翰卿又不是瞎的，自然一眼就看出盛惠惠表情不对，于是……他嘴角一撇，微微耷拉着眼角，压低了声音问："你不愿意？"

他声线很特别,是那种十分醇厚又带有磁性的男低音,故而刻意压低了声音说话的时候格外撩人,仅仅四个字就听得盛惠惠脸红心跳。

盛惠惠瞬间动摇了,明明前一刻态度还十分坚定,下一秒就做好了缴械投降的准备,不为别的,只因此时此刻,徐翰卿不仅耷拉着眼角,眼睛里还含着一包泪。她没眼花,也没得妄想症,徐翰卿眼睛里是真含了一包泪!此时此刻他正可怜巴巴地望着她——"你不愿意是因为嫌弃我吗?"

这"柔弱中带伤"的"纯良"小眼神!这"欲仙欲死"的"销魂"低音炮!

盛惠惠简直想抱头咆哮,然而站在她身边的是决定她未来、掌控她工资的上司,她强行将自己从男色中拉扯出,一个劲儿地摇头:"不!不!不!不!不!"

刚刚还在眼睛里打着转的那包泪瞬间就消失得无影无踪,徐翰卿立马就换了表情,正经且严肃地一颔首:"既然如此,这件事就这么定下了。"

盛惠惠一脸茫然,甚至都没注意徐翰卿究竟是什么时候走的,等她缓过神来的时候,已经是晚上十一点。

这时候的她要是还没闹明白自己中了美男计、被徐翰卿给摆了一道的话,那么她的智商完全可以和哈士奇一决高下。

意识到自己被坑的盛惠惠第一反应就是给张昔微打电话吐槽。

张昔微向来睡得很早,盛惠惠时间倒是掐得准,卡在了张昔微手机关机的前一秒打通了电话。

听完盛惠惠这一通吐槽,电话那头的张昔微一改往日的淑女形象,像被人抢走了瓜的猹一样惊慌,连忙追问:"你上司男的女的?是哪里人?年纪多大?猥不猥琐?"

张昔微的反应虽然激烈了些,盛惠惠还是忍不住会心一笑,轻声安抚了张昔微一番,才回复她发出的一连串问题。徐翰卿是哪里人、年纪多大盛惠惠自然不知道,她只能答:"性别男,年龄和别的都不知道,至于长相……"说到这里,她又不禁回想起徐翰卿那惊艳一笑,稍稍回味一番,才接着说,"很帅,帅到即便我被他霸王硬上弓,所有人都会觉得我占了他便宜的地步;帅到我和他走在街上,所有人都以为他被我包养了的程度。"

张昔微沉默了,很显然是陷入了沉思。

盛惠惠也不急着等答复，就这么四仰八叉地躺在床上等。

大约过了半分钟，电话那头终于又传来张昔微的声音："既然如此，那你还是从了吧，不吃亏，挺好的。"

"喂！"胸腔中本填满名为感动的物质的盛惠惠整个人都不好了，"做人怎么都不能这样吧！"

"那你自己究竟是怎么想的呢？真准备和他同居吗？"

张昔微话锋转得太快，盛惠惠兀自一脸迷茫："我不知道啊，虽然我不明白他为什么突然就要跟我合租，但我仔细想了想，好像我也吃不了什么亏。他这种人怎么会对我感兴趣呢？要真发生了什么，吃亏的是他才对，毕竟他不过是对我笑了下，我就有点儿把持不住……更何况，他这话应该是闹着玩的吧，大概明天就忘了。"

张昔微笑了笑，声音终于恢复以往的温柔："看来你自己其实早就想清楚了一切，根本就不需要我来开导嘛。好啦，晚上别想太多了，好好睡觉，有事再跟我联系，自己闷头想再多也没用。"

说起来也是奇怪，盛惠惠明明就是个大大咧咧、性格外向的女孩子，按理来说她这种女孩子的同性缘该很好才是，可她从小到大似乎就只有张昔微这一个称得上闺密的好朋友。所有人都觉得是外表柔弱的张昔微依赖盛惠惠，殊不知一直以来都是张昔微支撑着她。盛惠惠父母离异，两边都建立了新的家庭，她哪边都融不进去，就像是多出来的那一个，只有在张昔微身边，她才能找到那么一点点归属感。足了，张昔微不仅仅是闺密，对她而言，已经等同于家人般的存在。

张昔微的话是一剂良药，即便依旧什么都没想通，盛惠惠却已经完全释怀了。的确如此，想再多都只是枉然，该发生的还是会发生，既然如此，还不如好好睡一觉。船到桥头自然直，明天的事明天再去想。

盛惠惠这一觉睡得很是香甜，丝毫没想过，一觉醒来会有怎样的噩耗等着她。

等她听到这个噩耗的时候好巧不巧又在给徐翰卿端咖啡，于是，咖啡又洒了一地。

盛惠惠的反应已经不能用失态来形容了，纵然如此，徐翰卿依旧目不斜视，直勾勾望着盛惠惠的眼睛，将自己先前所说的话再重复一遍："房子我已经找好了，你随时都可以搬。"

那一瞬间盛惠惠只觉得有无数道惊雷朝她呼啸而来，噼里啪啦一顿轰炸，炸得她整个人比学校第二食堂那家生意最好的小吃店里的臭豆腐还要酥脆嫩。

她不知道自己究竟是怀揣着一种怎样的心情回到办公室的，也不知道自己对着电脑到底发了多久的呆，总之，当她稍微清醒点儿的时候，手指已经"啪啪啪"在键盘上码着字，她在QQ对话框里足足发了五排感叹号。直到张昔微的头像亮了，回复了一个问号时，她才说："怎么办？怎么办？我们老大好像不是开玩笑的！他真准备跟我合租啊！你说他到底看上了我什么？该不会是我有特殊的血型，他想坑我捐骨髓给他爸、给他妈、给他妹、给他女朋友吧！"

张昔微没有即刻回复消息，盛惠惠继而又发出一大串话："会不会某个早晨我一醒来，就发现自己少了个肾吧！啊！啊！啊！我真的好慌！好慌！"

对话框上几次显示张昔微正在输入，又几次被盛惠惠所打断，直到盛惠惠安静了，张昔微才回了一串省略号。

"你脑袋里装的都是些什么乱七八糟的……就不能往正常的方向想吗？"

正常的方向？

盛惠惠托着腮帮子，很是认真地想了想，最终只在对话框里回了三个字："想不到。"

关于这点，张昔微也是服了她。

事已至此，盛惠惠根本就没反悔的余地，就连张昔微也想不出该怎么应对，盛惠惠等了老半天只等来这么一句话："先别急，搬家时提前给我打电话，我过来帮你应付。"

话虽简洁，盛惠惠依旧感动得不要不要的，要是张昔微人在跟前，她铁定扑上去抱着张昔微蹭。

盛惠惠就这样紧张且严肃地过完了一整天，她本想趁着徐翰卿不注意，一个人偷偷溜走，然而她前脚才迈出办公室，身后立马就传来了徐翰卿的声音。

"小惠，事情都做完了吗？我刚联系了搬家公司，今晚我们就能搬了。"

02.盛惠惠大概天生就是受苦的命，被人这样好吃好喝招待着，反而不习惯，她越吃越觉得别扭，越吃越觉得自己这是走上了一条不归路。

这一个提议真可谓是猝不及防，盛惠惠顿时整个人都不好了，一脸呆滞地杵在原地。

徐翰卿低头瞥她一眼，立马就露出一副受伤的表情："你果然不想跟我一起住呢。"

话一出口，又隐约有泪光在徐翰卿眼角闪烁浮动。

盛惠惠几乎一口老血喷在徐翰卿身上。

又来了！又来了！盛惠惠简直想"扑通"一声跪下，将自己的膝盖献给徐翰卿。她是真不明白，这货到底是真玻璃心还是真腹黑，怎么会有这种动不动就两眼闪烁泪花博取同情的男人……弄得她像个始乱终弃的渣女似的。

盛惠惠完全不明白，事情究竟是怎样发展成了现在这样，明明说好了搬家前就给张昔微打电话的她时刻都暴露在徐翰卿的注视下，根本抽不出时间去打电话，就连发出的QQ消息也一直没收到回复。

盛惠惠简直心灰意冷，只能眼睁睁看着徐翰卿指挥搬家公司一点一点地搬走自己宿舍里的东西。

也不知是不是盛惠惠的表情太过崩溃，总之，原本指挥得很嗨的徐翰卿突然间就凑了过来："你不开心？"

盛惠惠深深叹了口气，咧开嘴，笑容狰狞："不，我很开心，但是为什么这么快就要搬？我还没做好心理准备……"

原本还没流露出多少情绪的徐翰卿神色瞬间一暗："是我太急切了吗？你若是还没做好心理准备，那我们下次再继续吧。"他越说神色越落寞，英俊到无与伦比的脸上瞬间笼上一层阴影。

盛惠惠嘴角抽了抽，连忙摇头："不不不，就今天搬吧，今天挺好的，皇历上都写了宜搬家宜入室。"

盛惠惠都不知徐翰卿这厮到底是怎么一回事，立马就变了脸色，又岂是翻书的速度可能比拟的，简直是以迅雷不及掩耳之势变了一张脸，速度快到她几乎都看不清他究竟是什么时候切换成严肃正经模式的，完全没有半点儿哀怨的影子，依旧不苟言笑地指挥着人搬家。

盛惠惠越想越觉得自己面前站了个影帝，奈何她还全无招架之力啊。

当所有东西都搬完的时候已经接近晚上八点，盛惠惠望了眼空荡荡的宿舍，又是一声叹息，然后就被徐翰卿拐上了出租车。

开了大约二十分钟，出租车便停了，停在公司附近一个高档住宅区里。

此时此刻的盛惠惠兀自纠结着，加上天色也黑，因此并没注意到自己究竟被拐到什么地方。直至她看到那家具一应俱全的精装修三室后，才一脸呆愣地意识到，这种地方，她大概租不起……

徐翰卿完全没给她开口的机会，从进门到现在，一直都在收拾东西。然而这些东西还都是盛惠惠的，她自然不可能这么眼巴巴地杵在那里看着徐翰卿收拾，刚到嘴边的话又被吞了回去，连忙接过徐翰卿手上的东西，开始着手收拾。

盛惠惠的东西看似不多，收拾起来依旧费了不少工夫，还好今天是周五，否则明天都没法早起去上班了。

终于将房间收拾好的盛惠惠几乎累得直不起腰，胡乱洗了个澡就瘫在了床上。

她休息了还不到五分钟，就听到门外传来一阵脚步声，紧接着又是三下敲门声，她懒洋洋地抬起了头，徐翰卿正站在门外。

从某种程度来说，盛惠惠觉得徐翰卿算得上是个面瘫，除了演技爆发装可怜博同情外，大部分时间他脸上都是没有表情的，或者说，总是维持着一种庄严肃穆、宛如军人站岗一般的表情。

听到敲门声，原本瘫着的盛惠惠连忙从床上弹起，却听徐翰卿说："我点的外卖到了，先出来吃点儿东西再去休息吧。"

他说话的语气虽温柔,却向来不给人置喙的余地,盛惠惠只能拖着沉重的步伐跟在他身后走到了客厅。

已经被盛惠惠暗自定义为重口味的他出乎意料地点了两份口味清淡的夜宵,即便还没开始吃,她就能凭借那一点儿也不接地气的外卖盒来判断,里面的食材大概和她平常点的那种廉价外卖不一样。越是这样,她越觉得不安心,道了声谢后,便开始漫不经心地掀开外卖盒。

盒子里盛的是海鲜粥,可她不太爱喝咸粥,看了两眼就将目光从粥上移开,颇有几分难为情地问:"徐总……这个房子一个月要多少租金啊?"

"不用钱。"徐翰卿低头舀了一口粥,又重复一遍,"不要钱。"

"啊?"盛惠惠吓得勺都要掉了。

徐翰卿十分难得地笑了笑:"老实说,我之所以找你合租不过是因为不习惯一个人住。我刚来H市,人生地不熟,只有你还算得上眼熟,再加上又是同一个公司的,咱们是上下级的关系,商讨工作上的事就更方便了,所以我才会想到跟你一起合租。我不太擅长处理生活上的事,你若是实在过意不去,可以考虑用家务来抵销房租。"

听了这番话,盛惠惠只觉得更蒙。

徐翰卿一脸欣慰地拍拍她的肩:"好好干,我看好你。"

这种情况下的盛惠惠找不到任何确切的词汇来形容自己的心情,眼前仿佛横卧着一个大写的"心塞"。

踌躇良久,她才一脸戚戚然地仰头望着徐翰卿:"其实……我什么家务都不会做。"

徐翰卿喝着粥,仍旧是一派悠闲:"没事,可以慢慢学。"

盛惠惠:"嗯……"

兴许是心情太过沉重,向来不喝咸粥的盛惠惠直接以粥代酒,闷头喝了整整一碗才跌跌撞撞回到了自己房间。

她手机丢在了床上,并没带出去,故而直到现在她才看到张昔微回复的消息以及几通未接电话。

张昔微说:"今天下午有点儿事,没看到你的消息,不好意思,你现在怎么样了?"

盛惠惠悠悠叹息一声,只能怪她呗,现在搬都搬过来了还能怎么办?再加上人家都这么说了,她也没办法开口拒绝啊……

想到这里,盛惠惠只能苦着脸给张昔微回复消息:"没事,我已经搬过来了，感觉还不错，你不用为我担心。"

也不知道张昔微今天究竟是怎么了，盛惠惠将这条消息发过去，又一直都没等来回复。已经完全放弃挣扎的盛惠惠干脆拍了几张自己房间的照片传给张昔微，再然后就不知道怎么睡着了。

盛惠惠一觉睡到了九点半，她是被噩梦给吓醒的。

梦里的她不知道怎么变成了一头猪，徐翰卿一直好吃好喝饲养着她，等到她肥得走不动了，徐翰卿才露出他狰狞的真面目，磨刀霍霍割她身上的肉，一声又一声地吆喝着："卖猪肉啦！上好的猪肉啦！喝着海鲜粥、做着马杀鸡长大的精品猪肉啦！"

被噩梦惊醒的盛惠惠浑身直冒冷汗，恰好这时候手机自动开机了，屏幕上闪烁着张昔微发来的消息："既然你这么说，看来没什么要我操心的地方了，不过你现在住这么贵的房子吗？这种地段这种程度的精装修房，三室两厅起码得四万五往上走。"

盛惠惠举着的手机"啪嗒"一声砸在脸上，比起这个消息，脸被手机砸到的痛几乎都能忽略不计。她颤颤巍巍捡起手机，几乎是抖着手打出一行字："真要这么贵吗……你说，我现在要是后悔了，还来不来得及？"

张昔微没有及时回复，回复她的是一阵轻缓的叩门声。

白住人家的房也就算了，现在就连起床都要人家喊了，盛惠惠简直无地自容，头一次发觉自己这么无耻。

无数思绪从脑袋里闪过，她的身体先行一步，立马从床上弹起，以生平最快的速度穿好衣服，再"咻"的一声蹿到门口，竭力装出一副昨晚睡得很愉快的假象，弯着眼角说："来啦！来啦！"

门外是穿戴整齐，连头发都梳得一丝不苟的徐翰卿，即便是在家，他身上都穿着剪裁得体的套装，手上甚至还戴着一副不知材质的白手套，莫名让盛惠惠联想到了《黑执事》中的塞巴斯酱。

她不动声色地收回自己略显赤裸的目光，又笑着道了声早。

徐翰卿嘴角弯了弯，礼貌性地回复了一声，才说出自己过来敲门的目的——

"早饭准备好了，你随时都能去客厅用餐，不过建议你还是尽量快点儿，凉了味道会大打折扣。"

盛惠惠脸上的笑瞬间僵住了："那个……徐总，不是说家务由我来做吗？"

徐翰卿并未正面答复，听到这话的时候，他已经转身往客厅所在的方向走，站在他身后的盛惠惠无法看到他的表情，只能听到他醇厚的声音缓缓地响起："我说的家务并不包括烘焙甜点类的一切烹饪。"

这个理由这个解释盛惠惠也不知道该说牵强还是该说任性，她又叹息一声："好的，我去洗漱，洗完就来吃。"

当盛惠惠看到摆在餐桌上的早餐时，整个人又都不好了，她有些弄不明白，第一顿就请她吃街边麻辣烫的徐总和现在这个一顿早饭就摆了六个盘子的徐总究竟是不是同一个人。

徐翰卿当然不知道盛惠惠内心的想法，十分绅士地替她拉开椅子，做了个请的姿势。

盛惠惠扭扭捏捏地坐下去，看了眼桌上整整六盘荤素搭配得宜的早点，又仰头瞄了眼徐翰卿："徐总……我们两个人吃这些会不会太多了点儿啊？"

徐翰卿面色不变，又转身从厨房端出一杯鲜榨果汁，不急不缓地说："我已经吃完了，这些都是为你一个人准备的。"

"呃……"这一瞬间，盛惠惠莫名有种噩梦成真的错觉，她很是为难地说，"可是……这么多，我吃不完哎……"

"没关系。"徐翰卿弯腰放下果汁，微笑望着盛惠惠，"慢慢吃。"

慢慢吃我也吃不完啊！

盛惠惠是真暴躁了，都不知道这人怎么这么莫名其妙！

盛惠惠有个缺点，一旦不开心了就表现得格外明显，属于什么情绪都往脸上堆的那类人，她槽都没来得及吐，徐翰卿就提前意识到了，于是又在瞬间转换模式，泪眼婆娑地望着她："你是不是嫌弃我？"

"我……"盛惠惠这人是典型的吃软不吃硬，女孩子的眼泪都受不了，更何况一个大男人的眼泪，她立马就缴械投降，"不不不，没有，没有，我吃……我吃，我慢慢吃……"

盛惠惠大概天生就是受苦的命，被人这样好吃好喝招待着，反而不习惯，她越吃越觉得别扭，越吃越觉自己这是走上了一条不归路。

桌上的六个盘子虽然看起来夸张，实际上每个盘子里都没装多少东西，一口气吃完倒也没撑到哪里去。

当盛惠惠终于吃完所有东西，准备起身的时候，一抬头就看到徐翰卿正两眼亮晶晶地望着自己，吓得她小心肝一颤，差点儿就要惊叫出声。

徐翰卿对她的失态仿佛毫无察觉，眼神也无半分收敛，甚至还一脸"慈爱"地问了句:"吃饱了吗?味道如何?"

他这个表情莫名让盛惠惠联想到了自己的妈妈,她几口扫掉剩下的食物,边嚼边端着盘子往厨房走。然而她前脚才踏进厨房,徐翰卿这货又阴魂不散地缠了上来,居然是想接过她手上的盘子。

盛惠惠这一下着实吓得不轻,赶紧把盘子从徐翰卿手中抢过来,心想,这里的房租她可付不起,要是连家务都不做,她怕是只能卖身卖肉来抵债了。

徐翰卿这货也不知道究竟是怎么想的,看到盛惠惠和自己抢着洗碗,倒是十分愉快地松了手。

盛惠惠干巴巴笑了笑,赶着投胎似的捧着盘子往厨房冲。

盛惠惠虽不是那种十指不沾阳春水、娇生惯养的大小姐,有记忆以来倒也从没做过任何家务,所以这个碗洗得相当纠结。

她本着不抛弃不放弃的原则,足足洗了两个小时,才把六个盘子洗得锃光瓦亮,大功告成之际她终于一脸欣慰地抹了把汗。

洗碗的时候她本是全程专注,丝毫没发觉身后的异常。等到她放松了,才后知后觉地感受到似乎有什么地方不对劲儿,身后那道炙热又充满"爱意"的视线让她起了一身鸡皮疙瘩。

她强忍住不适感，猛地一回头，好死不死撞上了徐翰卿那慈父般的视线。

　　如果说一开始只是起了一身鸡皮疙瘩，那么现在，她全身的汗毛几乎都要竖起来了，她也不管自己的手是否干净，下意识就捂住了心口，满脸惶恐地望向徐翰卿："你……你看什么看？"

　　她不说话还好，一说话徐翰卿这货居然一脸不自然地别过了头，瞬间恢复严肃正经脸。

　　刹那间，盛惠惠只觉得如遭雷劈，整个人都有些蒙。

　　等她冷静一会儿后，第一反应便是吐槽徐翰卿这是什么鬼表情，此后，又有无数个荒诞到连她自己都不会相信的念头冒了出来，这货该不是喜欢她吧……该不会是她曾经随手救过的小男孩儿，从此以后小男孩儿就对她芳心暗许，立志要守护她之类的吧……

　　盛惠惠脑子里一瞬间闪过了N种偶像剧中的经典桥段，最后又通通被她PASS掉。

　　不可能！不可能！她小时候既不可爱也不善良，别说帮助小男孩儿，连流浪猫都没喂过。

　　既然如此……她最后只能得出一个结论，要么就是徐翰卿这货口味独特，偏偏就喜欢杀马特，要么就是有什么特别的目的。

这两种情况相比，盛惠惠显然更倾向于后面一种，只不过，她依旧想不到徐翰卿这么做究竟能从她身上得到什么。

盛惠惠这个碗可谓是洗得心情沉重，收拾好餐具的她洗了个手就钻进了自己房间，向张昔微请求支援。

大约十分钟后，盛惠惠就已经戴好假发换好了衣服准备出门，一直坐在沙发上暗中观察的徐翰卿连忙起身：“你要出门吗？”

"嗯。"盛惠惠三秒内就系好了一双鞋的鞋带，"闺密约我出去逛街，我今天不回来吃饭了。"

"嗯。"徐翰卿表情木讷地点了点头，"请你尽量在天黑前回家。"

盛惠惠压根儿就没听到后面那句话，逃也似的背着包冲了出去。

她所不知道的是，在她冲出两秒左右，徐翰卿便转身走向了窗台，轻声说道："目标转移，跟进。"

盛惠惠打电话的时候，张昔微恰好就在附近，故而她才走出小区，面前便停了一辆肌肉感爆棚的科迈罗，车窗降下，露出张昔微那张如花似玉的小脸。

盛惠惠从未觉得自己这么想念张昔微，几乎是热泪盈眶地冲了过去。

张昔微说:"这地方可真不错。"

张昔微是由衷感叹,也正因为这声感叹,盛惠惠才更觉不安,她耷拉着脸,活似苦瓜:"就是因为太不错了,才会担心自己分分钟被人卖了啊。"

张昔微摇摇头,无奈一笑:"想太多了啦你,不至于这么恐怖的。"

"唉!"盛惠惠一声长叹,本还准备继续说些什么,车后突然传来个阴阳怪气的声音:"喊,就你这德行,卖到山村去都不一定有人要,估计也就只能被牵出去卖肾,左边一个右边一个,好歹也能凑个十来万。"

这声音着实欠揍,盛惠惠一听就炸了,却是看都不看潘子安,盯着张昔微说:"他怎么在这里?"

坐在后排的潘子安冲盛惠惠翻了个白眼,张昔微只得开口解释:"其实……我本来是先和子安约好的。"

换而言之,今天原本没她什么事,是她自己加戏硬要插进来的。

盛惠惠顿时就没了底气,然而她又岂会认输,存了心想要恶心潘子安的她立马就变了脸,一副娇滴滴的模样搂着张昔微的胳膊晃啊晃:"哎呀,昔微,你说我要怎么办啊?"

张昔微又岂不知道盛惠惠存着什么心，也不说破，由着她去。

等到盛惠惠把潘子安恶心够了，她才不着痕迹地抽出自己的手，细声细气地说："既然觉得奇怪，就不要再藏着掖着，倒不如开门见山大问他有什么目的。"

张昔微既然认真起来了，盛惠惠便也收敛了几分："万一他真有什么企图，惹怒了他还不得直接把我给做了呀！"

"没事，别怕。"张昔微宽慰一笑，"今天晚上我和你一起回去，你今晚就直接问吧，有我在，估计他也不敢做出什么出格的事。"

盛惠惠大为感动，登时两眼亮晶晶："果然还是你最好啊昔微！"

看不惯盛惠惠这么跟张昔微撒娇的潘子安翻翻白眼："人长得丑就算了，还尽给人添麻烦。"

盛惠惠一脸嘚瑟："我家昔微愿意给我收烂摊子怎么了？有本事你也让她给你收啊！"

孤 独 又 璀 璨 的 你

第三章

都说了我不会哄骗女人，
果然还是被怀疑了。

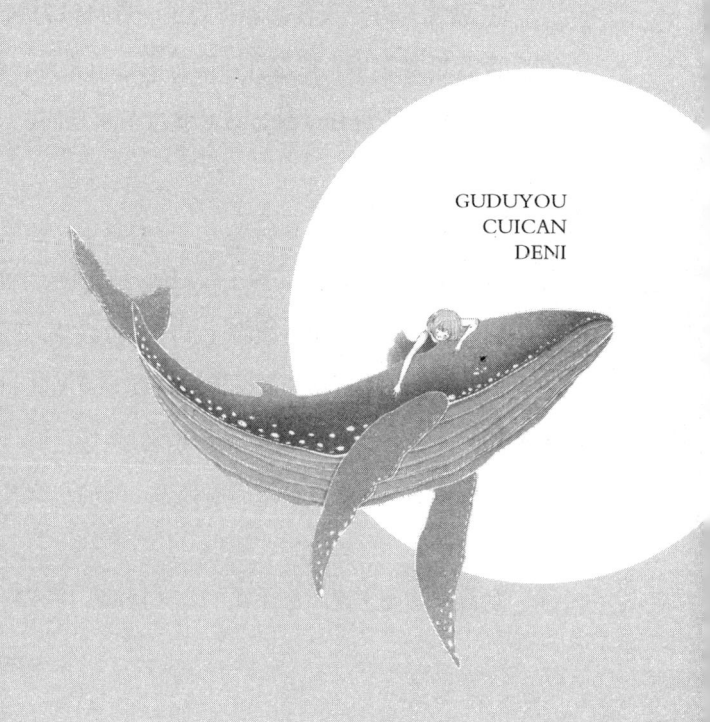

GUDUYOU
CUICAN
DENI

01. 就像是有一天你意外得到了一件自以为独一无二的珍品，在你苦苦思索能不能把这件珍品占为己有之际，你最好的朋友突然站了出来，告诉你：呀，这是我以前用过的。

张昔微今天本准备和潘子安一起去逛街，既然盛惠惠来了，干脆将她彻底改造一番，于是换了目的地，将车往步行街所在的方向开。

路上潘子安在和张昔微聊今年的流行趋势，盛惠惠完全插不上嘴，不知怎的，张昔微和潘子安的话题又莫名转到了盛惠惠身上。两人你一言我一句，在商讨该怎么改造她。

张昔微的目标是完全改造盛惠惠，故而一直都在唆使盛惠惠丢掉以前的衣服，所有装备都重新买过。

别看张昔微平常温温柔柔的，一旦涉及穿衣打扮方面，根本就无盛惠惠插话的余地。

更令盛惠惠钦佩的是,张昔微明明踩着一双八厘米的细高跟,还能一路拽着她健步如飞。从见面到现在都没给过盛惠惠好脸色的潘子安也突然专业造型师上身,不停催促她换衣服,整个上午她俨然一个人形陀螺,不停地被张昔微和潘子安抽着转。

鉴于盛惠惠完全不具备搭配服装的能力,故而潘子安帮盛惠惠挑选的全都是连衣裙,只要戴上假发,再配一双简单的单鞋就不会出错,虽不见得有多出挑,倒也清爽适合日常装扮。

一个上午过去,盛惠惠足足买了六条裙子、三双鞋以及两个包,张昔微本人却什么都没买。

盛惠惠低头看了眼自己手中的大包小包,又摸了摸钱包,连忙打消张昔微还要牵着她继续逛的心思。

盛惠惠看着不讲究,实际上并不穷,甚至比绝大多数刚出社会的女生都要富有。由于父母离异的关系,她每个月都能得到两等份不菲的生活费,她这人活得又糙,衣服几乎都是淘宝搞定,吃的不是泡面就是外卖,压根儿就没花钱的机会,手里倒是有不少余钱。即便如此,让她一口气买这么多衣服,还是忍不住有些肉疼。

张昔微又特意带了十几套衣服给盛惠惠,和今天买的六套加在一起也有近二十套衣服了，对盛惠惠来说，过完这个夏天完全不成问题。

既然盛惠惠不愿意再逛，张昔微和潘子安自然也没法勉强，恰好这个时间已经到了饭点，他们干脆进了一家餐厅吃午饭。

张昔微固然是个小富婆，盛惠惠也有自己的原则，从认识到现在，她和张昔微之间都是AA制，习惯了这点的她点菜的时候倒是没多想，都是奔着自己爱吃的去点。结果，她越点潘子安眉头就拧得越紧，瞧那表情，像是有人在他身上割肉似的。

盛惠惠向来不是个细心的姑娘，兀自点着菜，压根儿没发觉潘子安那货的异常。张昔微更是还没碰到菜单就接了个电话，一直在和人谈事。

大约五分钟后，盛惠惠终于点好了自己想吃的，张昔微也拿着手机，提着包包去了洗手间，只剩一脸铁青的潘子安和盛惠惠隔桌对视。

盛惠惠不知道潘子安又抽了哪门子的风，只见他一会儿皱眉，一会儿咬牙，奇奇怪怪地变换了足足一分钟，才翻着白眼对她说：

"哟！你倒是一点儿也不客气啊。"

这话说得盛惠惠一脸莫名其妙，很快又听潘子安说："事先说好了，你自己点的东西最好自己付款，我今天本来就是和昔微一起出来玩的，请吃饭也只请她一个。"

盛惠惠简直一脸惊愕，见过抠门儿的，还没见过抠门儿抠到这么耿直坦诚的。

潘子安边说边玩着手指头，全然一副目中无人的德行。从震惊中缓过神的盛惠惠看了就觉牙痒痒，只想给他来一拳，摁地上使劲儿地踩。

潘子安一副欠揍脸，而她表现得比潘子安更欠揍，直接从他手中抢过菜单，画掉自己之前点的菜，又重新点了几样最贵的，龇着牙说："你请客就早说嘛，害得我还以为AA呢！"

潘子安气得青筋暴起，直接起身："呸呸呸，谁请你这个男人婆啊。"

盛惠惠掏了掏耳朵，对潘子安的话充耳不闻，举手喊来了服务生："服务生，你先给我上这些菜，剩下的待会儿再点，饿死了，赶紧的。"

潘子安的速度哪有盛惠惠快，再说他虽然抠，在张昔微面前却也是要面子的，否则也不会选在张昔微不在场的时候说。盛惠惠就是吃准了他这一点，知道有张昔微在，他没法做得太过分，才敢这么嚣张。

然而盛惠惠倒是低估了潘子安脸皮的厚度，明明菜单都到了服务生手上，他还能觍着脸找人家要回菜单，说："哎呀，你刚出院，医生说不能吃这些，服务生麻烦你把菜单给我，那些都不能要，会吃出人命的。"

计划泡汤的盛惠惠暗搓搓地磨了磨后槽牙，直接伸手去拦要将菜单还回的服务生："我不吃这些，可都是给昔微点的，我呀，待会儿喝喝汤吃点儿小菜就够了，虽然是你请客也别太客气。"

这下盛惠惠连张昔微都搬出来了。

完全没料到盛惠惠会有这么一出的潘子安简直骑虎难下，他算是弄明白了，不管是明的还是暗的，他都玩不赢这个男人婆。

服务生表情微妙地拿着菜单走了，潘子安不甘心地死瞪着盛惠惠。盛惠惠则像个大爷似的跷着二郎腿瘫在椅子上，全然一副获胜者的得意模样。

两人之间的战争却并没有就此结束，他们目光相接之处仍有火花在流窜，俨然一场没有硝烟的战争。

潘子安兀自思索着该怎么扳回一局,头顶突然传来个声音:"请问能让我拼个桌吗?这里生意太好,都没座位了。"

虽然是男声,可这嗓音着实动听,以至于让原本还在苦苦思索对策的潘子安霍然抬起了头。潘子安抬头的同时,盛惠惠也已经仰起了脑袋,整个人像是石化了似的梗着脖子望着那人:"徐……徐总!"

就在盛惠惠傻眼的那一瞬间,张昔微恰好踩着高跟鞋从洗手间走了出来,原本满脸堆笑的她和盛惠惠一样,在看到徐翰卿的一刹那,脸上的笑容顿时就凝结了,一脸的不可置信和震惊。这表情,就像是看到自己亲手埋的死人又从坑里爬出来一样惊骇。

她的反应太过剧烈,连向来粗神经的盛惠惠都已经察觉到异常,更何况那比女生心思还要细腻的潘子安?

头一个打盛惠惠脑袋里冒出来的念头是,张昔微一定认识徐翰卿,只是相较于张昔微的剧烈反应,徐翰卿显然要淡定得多,甚至还能颔首朝张昔微微微一笑。

从发现徐翰卿到走过来落座,张昔微的表现都十分耐人寻味。

盛惠惠不喜欢拐弯抹角,属于有话就直说的那种性格,当即就问:

"昔微，你们是不是认识？"

张昔微像是仍没回过神，潘子安一脸紧张地喊了她好几声，她眼睛里才重新聚起了光，却依旧闭口不答，并没回答盛惠惠的话。

没经历过这种事情的盛惠惠只能两眼发直地望着前方，到头来还是看似最不靠谱儿的潘子安打破了僵局，他撇头望向徐翰卿，问道："这位是？"

盛惠惠即刻反应过来："哦，这位是我的直属上司徐总。"说完她又偏头望向徐翰卿。

她和潘子安实在是不熟，目前为止也就见过两次而已，还是次次都撕的那种，索性先跳过他，直接介绍张昔微："这位是张昔微，我从大一玩到现在的闺密。"说完这句，她才再回过头来介绍潘子安，"这位潘子安是昔微的同事兼朋友。"

徐翰卿朝潘子安微微颔首，微微笑着道："幸会。"随即目光又移至张昔微身上，却并没有即刻开口说话，露出一丝耐人寻味的表情。

他的表情没能逃过全神贯注的盛惠惠的眼睛，更遑论潘子安。

张昔微依旧一脸尴尬。

这时候张昔微的电话突然响了起来，打破四人之间死一般的沉寂，她像是恍然被惊醒了一般，立马从椅子上弹起："抱歉，我去接个电话。"

话音才落，她便逃也似的跑走了，徒留盛惠惠与潘子安二人尴尬对望，至于把一切搅乱的徐翰卿则像个没事人似的低头喝着柠檬水，嘴角甚至勾起了一丝愉悦的弧度。

盛惠惠一开始还只是觉得徐翰卿这人有些古怪，现在只觉得这人她完全看不透。

不知为什么，她心中总有种不太好的预感，关于徐翰卿，关于张昔微，更关于她自己。

张昔微不在，盛惠惠只能"人格分裂"，一会儿和徐翰卿尴聊，一会儿和潘子安拌嘴，只是那两人显然都没心思去搭理她。

大约又过了一刻钟，盛惠惠先前点的那三道菜都已经上桌了，张昔微才再度回来，她的目光始终都没落在徐翰卿身上，朝盛惠惠和潘子安说："不好意思，我临时有事，得先走了。"

既然张昔微要走，潘子安便也没继续留下来的理由，连忙说："我和你一起走。"

短短一分钟的时间，四个人就走得只剩下了俩。

可不知怎的，潘子安和张昔微不在，盛惠惠反倒觉得松了一口气。

她在心中酝酿了很久，才开口："徐总……您是不是和昔微认识呀？"

徐翰卿点了点头，坦诚到令人咂舌："嗯，前女友。"

轰隆隆……

盛惠惠仿佛遭到了雷劈，还是仙侠小说中九九八十一道天雷全往一个人身上劈的那种。

她的内心是前所未有的复杂。

她是该感慨世界真小，还是该感慨缘分妙不可言……

可不知道为什么，她在震惊之余，心里总觉得有点儿不舒服，该怎么来形容这种感觉呢？

就像是有一天你意外得到了一件自以为独一无二的珍品，在你苦苦思索能不能把这件珍品占为己有之际，你最好的朋友突然站了出来，告诉你：呀，这是我以前用过的。她甚至都没告诉你，对这件珍品究竟存在着怎样的感情，是依旧喜欢着，还是完全没有感觉了。

不，即便张昔微不说，盛惠惠也能感受得到，她肯定还是在乎的，否则淡然如她，见了徐翰卿又怎么会这么失态？

即便盛惠惠没谈过恋爱，用她那几乎可以和直男媲美的脑子也都能猜到。

盛惠惠承认，也不想欺骗自己，她的的确确是对徐翰卿动了心。

对这样的人，她又怎么可能不动心？

事已至此，她突然不知道该怎么去面对张昔微，该怎么去面对徐翰卿。

这顿饭吃得十分沉重，不论是盛惠惠，还是徐翰卿都不曾开口说话。

半小时后，两个沉默寡言的人都用完了餐，盛惠惠又一次陷入了沉思，这种情况下她显然已经不能和徐翰卿走得太近，否则又怎么对得起张昔微？可是要搬出去这种话又该怎么说出口？关键人家还是决定她工资钱途的直属上司。

也就是说，她如果搬出去住，还得顺带辞个职。

盛惠惠越想越纠结，不知不觉中竟已经吃完了一顿饭。

从小到大，盛惠惠都有个毛病，那就是当她全神贯注地去思考某件事的时候，会完全忽视外围环境，以至于回到家时，她一脸茫然，都不知道自己究竟是怎么回来的。

天渐渐暗了下去，盛惠惠单手托腮趴在窗口唉声叹气，这件事她真是越想越觉头大。

半个小时后，天完全黑了，她终于长长吁出一口气，起身抓起丢在书桌上的手机，准备给张昔微发短信。

她脑子一片混乱，编辑的消息也像是刚学会造句的小学生似的凌乱。她一遍一遍地打又一遍一遍地删，折腾了不下半个小时，最后终于放弃，哀号一声，举着手机倒在了柔软的床上。

等她醒来已经是第二天上午十点左右，她一脸懊恼地从床上爬起，趿着拖鞋走出房门去洗漱，一路走去并没发现徐翰卿的身影，却在冰箱上发现一张淡黄色的便利贴，上面是徐翰卿的字迹：

"早饭在冰箱，放微波炉里热一分半钟就能吃。PS：刚刚出门出得急，只来得及做三样点心，今天就将就着吃吧。"

盛惠惠看得一脸黑线，最后那个PS显得她有多挑剔似的。

徐翰卿的厨艺向来很棒，盛惠惠没去过什么特别高级的餐厅，在她看来，徐翰卿的手艺定然也不比那些大厨差。可即便如此，她也莫名觉得今天这顿早饭吃得很不是滋味。

吃过早饭洗完盘子的她又趴回床上，一连打了五个滚儿，最终还是捞起手机,决定给张昔微打个电话,结果电话那头却传来一个干巴巴的女音:"对不起,您拨打的用户已关机。"

盛惠惠只能掐断电话,继续在床上滚。

她从未经历过这么漫长的一个下午,徐翰卿不在,张昔微又联系不上,她在家中越待越觉得不是滋味,时间一点一点流逝,终于又到了午饭时间。

即便冰箱里有现成的食材,盛惠惠也不会自己动手去做饭,既然如此,自然只能下楼去买。

有些事情就是这么凑巧,偏偏就是在这时候叫她撞上了在小区绿化带后"密会"的徐翰卿和张昔微。

盛惠惠这人向来粗神经,今天却一反常态地纤细了一把,途经某片灌木丛时耳朵十分好使地听到了一个极为熟悉的声音。

那是一个低沉醇厚的男声,正是因为熟悉且好听,才会让本该顺着路一路前进的盛惠惠停了下来,她停下来的时候恰好听到那个男声说:"这是我的职责,并无任何个人目的,反观你呢?我找不到任何能让你留在这个年代,并且接近她,与她朝夕相处这么多年的原因。"

这话说得没头没尾，乍听之下，盛惠惠自然不会明白，说这话的人究竟想表达什么。

　　她犹自纳闷着，另一个并不陌生的女声突然响起："我之所以来到这里不过是因为一场意外事故，能和她认识并且成为闺密也不过是偶然。"

　　这个声音，盛惠惠不会听错，正是属于张昔微，至于徐翰卿和张昔微口中的那个她也不难猜出，定然就是指的她自己。

　　盛惠惠越听越不明白了，他们俩鬼鬼祟祟到底在商讨什么？

　　隔了很久灌木丛那头都没发出任何声音，盛惠惠一直维持着偷听的姿势趴在原地，远处一个头上扎着小鬏鬏的小女孩儿指着她，奶声奶气地说："妈妈，那个姐姐在做什么呀？"

　　小女孩儿的妈妈神色不明地瞥了盛惠惠一眼，压低了声音说："宝宝乖，要是不听话，长大了就会变成她这样。"

　　虽然隔得远，小女孩儿和她妈妈的对话仍是一字不差地落入盛惠惠耳朵里，盛惠惠简直满头黑线，又不能在此时出声暴露自己，只能在心中默默吐槽：说人坏话的时候声音小点儿好不好……不对，应该是，当面说人坏话的时候请稍微加点儿掩饰！

盛惠惠犹自嘴角抽搐,灌木丛那头终于传来了细微的动静,这次是张昔微的声音,她的声音向来温柔,却从没哪一次如今天这般柔得仿佛能掐出水来:"我是真没想到,会在这里遇到你,这么多年不见,其实我……其实我……"她的声音越来越低、越来越低,到最后可谓是比蚊子的嗡嗡声还要小。盛惠惠越听越往里凑,只差把头穿过这片灌木丛,蹲在他俩身边听。

她所不知道的是,在她看不到的灌木丛那头,张昔微已经伸手搂住了徐翰卿的背,徐翰卿则低垂着头,既未将张昔微推开,又不曾坦然去接受张昔微的怀抱,两人之间的氛围与其用暧昧来形容,倒不如说是尴尬。

盛惠惠这货的求知心太过急切,越是听不清,她就越是想听清,以至于完全忘了自己的处境,一个劲儿地往灌木丛里凑,结果只听"咔嚓"一声响,她不仅踩断了一根落在地上的树枝,脑袋还卡在了灌木丛里……

远处扎着小鬏鬏的小女孩儿又指着盛惠惠:"妈妈,那个姐姐好像卡住了。"

小女孩儿的妈妈极其冷漠地瞥了奋力挣扎的盛惠惠一眼："宝宝，你可得好好记住了，这就是不好好做人，乱偷窥的下场。"

盛惠惠简直欲哭无泪，随着她动作越来越激烈，灌木丛那边的徐翰卿动作轻柔地将张昔微推开，十分警觉地喊了声"谁"。

他话音才落，人就已经过来了。

盛惠惠突然听到一声怒吼，紧接着又听见一阵风"嗖"地从头顶刮过，再然后又是一声轻微的"砰"，她身后就这么多了个人，还是个她此时此刻万万不能见到的人。

简直尴尬得想哭了……

头卡在灌木丛里的盛惠惠脸涨得通红，只能拼命在心中祈祷："不要认出我！不要认出我！"

然而这又怎么可能认不出……

徐翰卿眼睛里带着疑惑："怎么是你？还有，你在这里干什么？"

02. 她本以为自己要演绎偶像剧的三角恋狗血剧情，结果演绎到一半画风突变，直接成了部科幻剧，这都什么跟什么！

啊！盛惠惠此时此刻最想做的事就是两眼一翻，直接栽倒在地装晕。

然而，此时她的脑袋正以一种十分鬼畜的姿势卡在了灌木丛里。

怎么办……怎么办……

她心中仿佛有一万匹羊驼呼啸而过，她要怎么回答啊？！

怎么回答都掩盖不了她偷听的事实啊！

偏偏这时候，徐翰卿还十分体贴地凑过来，问上一句："头，卡住了？"

"没有……没有。"即便头被卡住了，盛惠惠也要奋力转动着脖子，"那个……我挺好的，你不用管我，真的，不用管……"

"噗……"

背后传来一阵忍俊不禁的笑声，即便不回头，用翘起的屁股去想都知道，肯定是徐翰卿在偷笑。

盛惠惠尴尬得简直想把头钻进地洞里，不对，她头已经钻进灌木丛里了。

天啦！干脆让她整个人都钻进去吧！

为什么每次在最尴尬的时候都正好被他撞见？！

传说中的孽缘吗？！

盛惠惠感慨万千，徐翰卿那货已经笑够了，伸出手折断那些卡住盛惠惠脑袋的枝干，只听"咔嚓咔嚓"几声脆响，她的脑袋解放了，然而此时的她只觉得还不如继续让她卡着呢……

她万念俱灰地抬起了头，很是惆怅地道了声："谢谢。"

"不客气。"徐翰卿还在笑，显然刚才那一幕够他笑一年。

盛惠惠咬了咬下唇："那个……其实，刚刚我……"

徐翰卿从善如流，马上止住笑，恢复正经严肃脸："嗯，没关系，我记性差。"

好吧……盛惠惠更加颓废，然而她又不甘就这么被误会，还想做最后的挣扎："其实我刚刚是在练功来着……我家祖传的气功……嗯，气功。"

"噗！"徐翰卿又一次破功，在盛惠惠目光扫来之前，快速绷紧面部肌肉，再一次恢复严肃正经脸，"嗯，气功。"

"呃……"盛惠惠只觉越描越黑，完全断了想要继续解释的念头，最后只能摸着脑袋傻笑，"逗你玩的，哈哈哈……"

要命的是，都这时候了，徐翰卿还十分诡异地继续配合着："你真幽默。"

轻描淡写的四个字，压根儿就听不出到底是夸赞还是讽刺，已经感到绝望的盛惠惠早就放弃挣扎，认命地接受了这一事实。

她这人倒是有个十分不错的优点，再丢脸的事她也不过尴尬一瞬就能恢复，很快她的注意力就被横在她眼前的那堵墙似的灌木丛所吸引。灌木丛生长得很浓密，长势也是十分喜人，起码比她高出三个头，仫摸着快接近两米高了。她脑袋要是没被树枝给卡得记忆混淆，那便没记错，刚刚……徐翰卿似乎是直接从灌木丛那头"嗖"的一声跃过来的。

一个没经过特殊训练的普通男性又怎么可能徒手跃过两米高的障碍物？更何况，她几乎可以确定，徐翰卿在跳过来的时候身体没有触碰灌木丛去借力，也就是说，他完全是凌空翻越的。

她没见过什么世面，故而并不知晓那些受过专业训练的特种兵是否能凌空一跃两米高，只隐隐觉得，这实在是超出了普通人的能力范围，稍稍有些不正常。

如此一来，徐翰卿就更加不可能是普通人，结合他刚刚与张昔微的对话，盛惠惠脑袋里不禁冒出个大胆的想法，这个念头尚未酝酿成形，就听灌木丛那头传来窸窸窣窣的响声，原来是张昔微从灌木丛那头绕了过来。

明明盛惠惠早就猜到了另一个人是张昔微，可等到张昔微真走出来，她还是忍不住露出几分惊讶之色。

她呆若木鸡地杵在那里,明明有话想说,却是怎么也说不出口。

不过,即便她这时候真张嘴,也没说出口的机会,只因徐翰卿压根儿就没准备给张昔微和盛惠惠说话的时间,只见他低头看了眼腕表,一派清闲地道:"午餐时间到了,大家一起上去吧。"

盛惠惠不由自主地瞥了张昔微一眼,她却像是毫无察觉,目光始终黏在徐翰卿身上,甜甜地说了声好,像是压根儿就没察觉盛惠惠的存在。

盛惠惠只觉心中不是滋味,一言不发地跟着两人走了回去。

徐翰卿在厨房做菜,盛惠惠则和张昔微一起坐在客厅沙发上看电视。

盛惠惠是个死宅,对电视剧和综艺类的节目通通都不感兴趣,只知道现在电视里播放的是个很火的综艺节目,一堆她不认识的明星在屏幕里晃啊晃,别说她压根儿就没认真去看,即便认真去看了也看不懂一群人究竟在玩什么。

至于张昔微……表面上来看,她的眼睛是盯着电视屏幕的,至于究竟是否看进去了,她也表示质疑。

两人之间的氛围,有种说不出的微妙感。

盛惠惠也是不明白，今天怎么就这么尴尬，从碰面到现在，张昔微都没和她说上哪怕一句话。她又觉心中有愧，至于究竟怎么个愧疚法，她自己也弄不明白，更加没办法像从前那样坦诚地去和张昔微聊天，明明她之前都已经下定了决心要好好和张昔微谈谈的。

盛惠惠很纠结，自打遇到徐翰卿开始，她似乎总是在纠结。

刚刚徐翰卿和张昔微的对话她全都听到了，张昔微果然忘不了徐翰卿，两人依旧余情未了，那么……她这样又算什么呢？

想着想着，她又觉不对，她明明什么都不是……怎么莫名其妙就把自己摆到跟人前女友的同等地位了呢……想到这里，盛惠惠又不禁开始嫌弃自己，什么叫自作多情？什么叫想太多？什么叫此心妄想？什么叫癞蛤蟆想吃天鹅肉……

不行，不行，她无意识地摇了摇头，也不能这么贬低自己。虽然她是真的挺矬，既然她都这么矬了，怎么也得给自己找找活下去的勇气吧……

盛惠惠脑袋里天马行空，一会儿贬低自己，一会儿又给自己找自信，如此在脑袋里拉扯了几十个回合，她脑袋里突然灵光一闪，又"duang"地想起什么，如果她这个脑子还有救，那么她应该把注意力集中在别的话上才对啊!

比如说……她所偷听到的第一句话,出自徐翰卿之口:"这是我的职责,并无任何个人目的,反观你呢?我找不到任何能让你留在这个年代,并且接近她,与之朝夕相处这么多年的原因。"

她反复思索了许久都觉得听不懂,特别是"留在这个年代"六个字,不论是从字面意思还是从别的方面来看,这六个字都很奇怪。还有,另一个重点是徐翰卿又是凭借什么来判断,张昔微认识她,并且是抱有目的地故意接近?

这么一说,连张昔微的身份都变得可疑起来……

盛惠惠觉得自己脑袋越来越不够用,与张昔微相识的过程也逐渐在脑中铺展开。

盛惠惠与张昔微的相识充分证实了那句"缘分妙不可言"。

第一次见张昔微是在F大校内,彼时的盛惠惠本在匆忙赶路,身后突然传来个柔柔的声音:"请问春风楼怎么走?"

盛惠惠这种壮士级别的姑娘大多都喜欢放荡不羁的同类人,对那些柔柔弱弱的女孩子向来都是敬而远之的,不为别的,仅仅是行为习惯不同,交流有障碍罢了。

张昔微是个例外，明明她比盛惠惠见过的所有女孩儿看起来都要"柔弱"，但盛惠惠对她的第一印象却十分好。

最初的时候她还感叹自己怎么不是男的，一来就被个超级大美女搭讪，结果聊着聊着才发现她们原来是同一个班的，到了后来，连宿舍都被分在一起，最后，甚至发现她还是来自同一个地方的老乡。正是因为这种莫名的缘分，两个看起来完全不像同一个世界的姑娘才能玩到一起呀。

从前的记忆仍在盛惠惠脑中流淌，这时徐翰卿已将菜端上了饭桌。

张昔微率先走过去帮忙摆碗筷，明明是盛惠惠和徐翰卿的家，盛惠惠却觉得自己才像是来做客的那个。等她走过去的时候，已经没有任何需要帮忙的事，她只能静静地坐在椅子上扒饭。

吃饭的时候，张昔微终于开口说话了，却不是和盛惠惠说，而是撇头望向徐翰卿所在的方向。她笑意盈盈，眼睛里像是含着一汪春水，她说："原来你还记得我不吃孜然和香菜。"

若不是听了张昔微这番话，盛惠惠大抵吃完这顿饭都不会发现，徐翰卿在桌上摆了两盘牛肉，一样的材料一样的做法，区别是一个有孜然和香菜，一个没有。

这种细致入微的体贴莫名让盛惠惠又觉胸闷得厉害。

　　徐翰卿不曾接话，张昔微又笑吟吟地说着："也是，当年我天天把这个挂在嘴边，你想忘记都很困难吧。"

　　说到这里，张昔微又不着痕迹地瞥了垂头扒饭的盛惠惠一眼，又说："太久没吃你做的菜了，进步居然这么大，这些年来，你是真下了苦功呢，真是因为当年那句话吗？"

　　盛惠惠越听越觉得不是滋味，不仅仅是吃醋的问题，而是张昔微今天着实太过反常。

　　盛惠惠不禁开始想，这些话莫非都是张昔微特意说给她听的？可张昔微要是真的还喜欢着徐翰卿，她肯定会避开的，为什么要跟她说这些……难道就这么不信任她？

　　盛惠惠脑袋越垂越低，几乎都要埋进饭碗里。

　　最正常的依旧只有徐翰卿一人，即便听张昔微这么说，他也依旧维持着那张严肃正经脸："过去的事，早已成为过去，人理应放眼当下。"这神态，这语气，压根儿就不像是在和前女友说话，反倒像是个在劝张昔微不要轻生，要好好活下去的路人。

　　虽然徐翰卿从前的行为在盛惠惠看来算得上是十分古怪，她却始终都觉得徐翰卿是个好人。然而徐翰卿一说完这话，她立马就转变了看法，连带望着徐翰卿的眼神都有些怪怪的，总觉得徐翰卿当年定然是强行甩了张昔微。也就因为这么一句话，她就把徐翰卿划入了渣男行列。

徐翰卿也是真冤。

因为这一句话而变脸的不只是盛惠惠，张昔微的脸色也突然变得很难堪，她左手捏着衣角，右手紧握筷子，神色不明地道："能丝毫不受过去影响，好好活在当下的也就只有你。"

盛惠惠实在受不了现在这种气氛，终于将头从饭碗里抬起，默默插嘴问了句："那个……我就想问问，我坐在这里是不是有点儿碍事？"

张昔微一副恍然大悟的模样："呀，不好意思，我忘了你还在这里。"

"……"盛惠惠简直一口老血哽在喉咙里，敢情一直把她当透明人了？

她实在有些憋不住了，目光直视张昔微："昔微你今天很奇怪。"

张昔微摸了摸脸，很是无辜的模样："有吗？"

这话盛惠惠不知道该怎么接，也没法去接，毕竟徐翰卿还在，她也没办法直接把话敞开了说,只能低头扒饭,一边扒饭一边在心中吐槽:怎么就没有?简直就像特意针对她,来宣誓主权一样。

这顿饭盛惠惠吃得很难过,不仅仅是胸闷,连喉咙里都像是堵了铅块一样,咽不下去也吐不出来。

盛惠惠一反常态吃得很慢,徐翰卿和张昔微都放下了筷子,她还依旧在扒饭。

徐翰卿率先起身,柔声说了句:"我还有话要和她说,你吃完就去房间休息。"

他这人看似温和,实则每次说话都不给人说不的余地,话音还没落下,就领着张昔微往书房所在的方向走。

既然他们都已经走了,盛惠惠也没继续吃下去的必要,默默收拾碗筷。

她向来不是那种可以闷着的性子,有什么委屈、有什么不满非得说出来不可,于是她一边刷着碗,一边愤愤不平地念叨着:"我既不温柔,又不漂亮,还总会犯蠢,怎么可能抢得走你前男友?你们才是天造地设的一对啊,俊男配美女多养眼啊!完全不给我解释的机会,我怎么可能会是这种人?我怎么可能会是这种人……"

她越说越觉委屈,眼泪"哗哗"直往外冒,等到她发觉这一问题以后，连忙抬手抹了把眼睛，结果……忘了自己正在洗碗，洗洁精及油渍全部揉进了她眼睛里。这下好了，泪水流得那叫一个惊天动地。她一边流着眼泪，一边狂吐槽："我不仅娘还很蠢啊！"

盛惠惠的眼泪流了足足五分钟才停下来，此时此刻她的眼睛已经肿得像个核桃，从某种角度来看，也颇有几分楚楚可怜的意味。

她深吸一口气，平复好心情才开始继续刷碗。

等她刷完这一池子碗，全都放进消毒柜时，张昔微恰好从书房走出。张昔微提起沙发上的包包，径直往她所在的方向走，又恢复成从前那个温柔体贴的美人儿，甚至眼睛里还透露出了几分歉意："小惠，对不起，今天是我不对，我……情绪有些不稳定，我先回去啦，拜拜！"

画风转变太快，以至于盛惠惠压根儿就没反应过来。

张昔微走了，徐翰卿又走了出来，第一句话却是："你怎么又把碗都给洗了？"

盛惠惠将目光从门口收回，不由得轻叹一口气："我都已经白吃白喝白住了，讲道理，你也只是我上司而已，根本没必要替我做这么多吧。所以……我其实挺不明白的，你做这些究竟是图什么？"

想说的话终于说出了口，盛惠惠只觉畅快，无比畅快，就像一块压在心上的巨石终于落了地。

徐翰卿沉默半晌，才回话："抱歉，我暂时还不能说，再过不久，你自然有机会明白。"

"是吗？"盛惠惠弯身洗了个手，径直往自己房间走，"既然你不愿意说，我估计也问不出什么东西，只是，有一件事，我想了很久，觉得还是跟你提一下比较好。张昔微是我唯一的朋友，你既然是她的前男友，不论出于什么考虑，我都不可能继续跟你合租下去了。所以这段时间我会自己找房子，找到合适的，我就会搬出去住，这些天来多谢你的照顾，我很感激你，真的，谢谢。"

盛惠惠说完这段话的时候，正好进了房间，以至于错过了徐翰卿的表情，他弯起嘴角，无奈一笑："都说了我不会哄骗女人，果然还是被怀疑了。"

盛惠惠才回房，便收到了张昔微发来的微信消息。

"你听到了我和他的对话了吧？"

这条消息是才发不久的，盛惠惠看着这条消息就觉得很慌，偷听这种事到底还是不光彩的，这叫她怎么好意思承认呢。

盛惠惠没有即刻回答，很快张昔微又发来第二条消息：

"对于今天的事我感到抱歉,你千万别放在心上,我对他也没多上心,其实,我是在演戏……"

盛惠惠对张昔微的信任胜过任何人,听张昔微这么一说,她只觉更慌,敢情今天的眼泪都白流了啊!

盛惠惠当然咽不下这口气,犹自想着该怎么讨回一笔,张昔微的第三条消息又发了过来:

"不论如何,你都最好远离他,和他是我前男友并没有任何关系。说出来你可能不信,我和他其实都是来自一千五百年后的世界,我之所以来这里是为了执行任务。至于他,之所以这么明显地接近你,我猜测是有别的目的,至于究竟是什么目的,我也完全猜测不到。他和我曾一同在联邦皇家军校就读,他在读第三个学年时突然消失,此后无任何音讯,我和他也因此而分手……他突然来到这个时代接近你,恐怕不会是什么小事,大概有着军事目的。"

该怎么形容盛惠惠现在的心情呢?

她本以为自己要演绎偶像剧的三角恋狗血剧情,结果演绎到一半画风突变,直接成了部科幻剧,这都什么跟什么!

来自一千五百年后……那么请问有哆啦A梦吗?能不能给她也

来一个？

　　盛惠惠抱头思考了很久，还是不能接受这个来自一千五百年后的设定，只回了三个字：

　　"什么鬼！"

　　短短三个字外加一个感叹号包含千言万语，似乎感觉这么几个字完全不足以表达自己的心情，紧接着，她又回了句："这都什么跟什么？"

　　那头的张昔微隔了许久都不曾回复，等她再次回消息已经是十分钟以后：

　　"我们找个机会出去细谈吧。"

第四章

盛惠惠这个名字所拥有的人生都不属于她，既然如此，那她又是谁？

GUDUYOU
CUICAN
DENI

01. 张昔微，你倒是一点儿都没进步。

盛惠惠一愣，下意识地回了句：
"今天晚上可以吗？"
"不行，今晚不方便，我之所以演了这么一出，正是为了让他放松警惕，以为我们之间出现了危机。你现在贸贸然出来找我，会被他发现，近几天内，你都不要表现出任何异常之处。"

盛惠惠又一次陷入了沉思，想了半天都不知道该如何回复。隔了大概一分钟，对话框上才再度弹出张昔微发来的消息："还有，你知不知道他什么时候会出门办事以及出差吗？"

张昔微这一问倒是提醒了盛惠惠，不然她都不会想起三天后徐翰卿要去 Z 市出差的事。

盛惠惠是徐翰卿的助理，徐翰卿出差，她自然也得跟过去，张昔微却让她以此为契机，从徐翰卿眼前消失。

三天后的早晨，徐翰卿如往常一样在餐桌上摆了整整六盘早餐，盛惠惠心事重重地小口小口嚼着水晶虾饺，一点儿也不符合她往日风卷残云的豪迈作风。她这次的计划是在出门前装病，让徐翰卿一个人去出差。直到真正要实施的时候她才恍然发觉，还有一个她先前忽略的问题，假如徐翰卿现在这个身份不过是个幌子，真正目标是她本人的话，她若是突然病了，徐翰卿定然会优先带她去医院，而不是自顾自地去出差。

一想到这个问题，盛惠惠就觉得脑袋隐隐作痛。

这下又该怎么办呢？

她的情绪全都表现在脸上，满脸都是忧虑，徐翰卿想要装作没看见都难。

又过了片刻，此刻的盛惠惠岂止是满脸忧虑，甚至都开始不由自主地叹气。一直暗中观察的徐翰卿终于按捺不住，出声询问了一句：

"小惠，你怎么了？"

"啊？"盛惠惠一愣，眼中闪过一丝惊慌，"那个……我……

有点儿紧张。"

"紧张？"

这完全是盛惠惠脱口而出的胡话，等她意识到的时候，都没法改口了，只能顺着这话继续往下说："其实我……恐高。"

徐翰卿眉头一挑："恐高？"

"嗯。"盛惠惠两眼一闭，索性豁出去了，"对，我恐高，一想到待会儿要坐飞机，就开始肚子痛。"

虽说一开始盛惠惠还在瞎说，可她脑子转得很快，立马就接上了自己胡编乱造的梗，相比较生病，这个理由似乎更合情理。

徐翰卿抿着唇，并未说话，也不知道他究竟在思考什么。

盛惠惠不着痕迹地观察着他的脸色，倒是真紧张得出一身冷汗了。半响过后，一直沉默不语的徐翰卿忽而弯起唇，莞尔一笑："既然如此，这次我一个人去吧，下次我会买高铁票。"

这么容易就蒙混过关了？

盛惠惠现在有点儿蒙，非但没觉得变轻松了，反倒暗搓搓怀疑徐翰卿是不是有什么阴谋。但是她这人向来神经比较粗，也就稍稍怀疑了一会儿，立马就被喜悦所取代。

她终于松了口气，一派轻松地送走了徐翰卿，立马就给张昔微打电话。

张昔微此时尚在家中敷面膜，两人约好十二点在盛惠惠家附近的咖啡馆里见面。

盛惠惠的头发长得特别快，从前都是半个月理一次，现在为了留长，已经很久都没修剪过了。

短发留长的过程可谓是相当痛苦，从前她也起过无数次要把头发留长的念头，然而一旦发现头发长长了最终结果还是"咔嚓"一下把它剪掉了。她对着镜子看了看自己这头乱七八糟的短发，不由自主地再次叹了口气。这次她倒是坚持得久，也不知究竟是真受到了打击，还是因为徐翰卿夸过她长发的样子很好看，大抵两者皆有吧，到底哪个所占的比重更多就不得而知了。所以，即便是现在，她也依旧是喜欢着徐翰卿的吧。

时间一点一点地流逝，很快就要到和张昔微约好的十二点，盛惠惠连忙起身去洗手间洗漱打扮。不知不觉中，那个对化妆打扮什么的从来都不屑一顾的她已经习惯了出门前化个淡妆。凭良心来说，她的化妆技术实在是拙劣，与其说是在化妆，倒不如讲就是直接把脸抹白，再涂个唇釉而已，连眉毛和眼线都不描。也亏得她底子不错，有着天生浓眉和传说中的自带眼线,如此一来她那简单粗暴的妆容才不会令人觉得奇怪,甚至在很大程度上提升了她的美貌。

　　上好妆后,她叉着腰将自己打量了好几遍,才戴上假发提着包急匆匆地出门。

　　她在十二点整的时候踩点到,张昔微比她想象中还要来得早,静静坐在落地窗前,娴静得像是一幅色调温暖的油画。

　　这个咖啡馆十分安静,盛惠惠才推门而入,张昔微便抬起了头,朝她微微一笑。即便咖啡馆里没什么人,张昔微仍是要求去更安静的包间。

　　盛惠惠第一次在面对张昔微时有不自然的感觉,张昔微倒是一派从容,宛若从前。

　　张昔微对盛惠惠的了解远超盛惠惠的想象,几乎可以毫不夸张地说,只要看到盛惠惠的脸,她便能一分不差地猜测到盛惠惠究竟在想什么。盛惠惠在她面前就好比一个透明人,偏偏盛惠惠本人还毫无察觉,依旧全身上下都透出不自然,埋头对付眼前的牛排。

　　将一切尽收眼底的张昔微弯了弯唇,用一贯柔和的声音说:"你什么时候在我面前这么拘束了?"

"啊？"盛惠惠惊得几乎就要丢掉手中的刀叉，连忙摇头，"没啊，没啊……我没有。"

张昔微的表情顿时变了，笑容尽数被敛去，盛惠惠这才发觉，原来面无表情的她看上去竟如此严肃，甚至还可以说有几分阴鸷，怪不得她从始至终都保持着微笑。

"我希望你不要受那件事的影响，我们依旧像从前那样，好吗？"

盛惠惠也不是个喜欢跟人计较的姑娘，可这种事该怎么说呢？

一个跟你玩了四年与你形影不离的姑娘突然跟你说，她来自一千五百年后，是个读皇家军校的了不起的人物，并且告诉你，你喜欢的人是她前男友，而他对你怀有不可见人的目的，初步预测还是军事目的的那种，不管是谁都会觉得难以接受吧？

盛惠惠点了点头，随即又狂摇头："昔微……我其实还是不能接受你说的那些，其实你是逗我玩，拿我寻开心的吧？"

说这话的时候她仍抱有一丝期待，张昔微却不留一丝情面地浇灭了她那丝期盼："不，我说的都是真的，今天之所以把你约出来，是为了向你证实，我所说皆为事实。"

后来张昔微又说了很多话，大部分都被盛惠惠所忽略，只有很小一部分被听进耳朵里。

这部分被听进耳朵的内容正是关于徐翰卿的，整个过程，张昔微反反复复都在强调徐翰卿绝非好人。

她言之有理，证据又确凿，盛惠惠越听越慌，到最后甚至都开始止不住地颤抖，一个劲儿问张昔微自己该怎么办。

张昔微把该说的都说完了，开始细心安抚着盛惠惠，最终却只得出一个应对结论，那便是要在徐翰卿眼前消失。

这是张昔微从遇见徐翰卿的那天便已计划好的，目前为止，一切都按照计划顺利进行。

两人迅速解决完桌上的食物，盛惠惠便回到家开始收拾东西，张昔微则在小区外等候，她先前之所以演上那么一出，一是为了试探徐翰卿的态度，二则是为了在日后洗清自己的嫌疑，故而她是万万不能进小区的。

徐翰卿和盛惠惠所住的是个高级住宅区，处处都有监控，门禁也查得严，非要登记身份证才肯放人进去，一旦盛惠惠消失了，徐翰卿第一反应定然就会去门卫那儿查看登记和监控，张昔微要是进去了，先前演的一切都白费了。

大约半个小时后，盛惠惠提着行李箱出现在咖啡馆外，帅气的科迈罗绝尘而去，目的地正是张昔微家。

虽已在徐翰卿面前暴露身份，他却并不知道张昔微的住所。退一万步来说，即便徐翰卿意识到了背后推手是张昔微，也没那个能力马上找到张昔微的住所。

盛惠惠的这次逃脱可谓是顺利至极。

两人都不曾注意到的是，那个本该在Z市出差的徐翰卿背影笔直地坐在咖啡馆里，他手里的不锈钢勺不停搅拌着混入奶精的咖啡，嘴角微微扬起，眼睛里却不含一丝情绪。

"张昔微，你倒是一点儿都没进步。"

张昔微家很大，空出一个房间给盛惠惠住绰绰有余。

盛惠惠并没有劫后余生的窃喜，反倒更觉心情沉重，现在倒是逃出来了，可接下来该怎么办呢？盛惠惠依旧觉得很慌，H市虽说很大，可再大也不过是个市，她若是继续在H市待下去，指不定哪天就被徐翰卿给撞上了。

收拾好一切后，盛惠惠便忍不住去询问张昔微："昔微，我们下一步该怎么办？"

张昔微一反常态，卖起了关子："后面的事我都已经安排好了，你不用担心,我这几天很忙,再过几天就能知道了。"

即便张昔微这么说,盛惠惠还是觉得不安心。

接下来几天正如张昔微所说,她很忙,忙到盛惠惠几乎每天都找不到她人,即便找到了她本人也是在阁楼关着门打电话的地步。

不知怎的,盛惠惠总觉得有什么地方不太对劲儿,可若是问她究竟觉得哪儿不对劲儿,她又说不上来,总之是一种心理上的不适感。

这种情况持续了整整三天。

第三天下午张昔微前脚才出门,下线待机很久的潘子安后脚便找了过来。

打开门的一瞬间,不论是盛惠惠还是潘子安都愣住了,还是潘子安率先反应过来,小手那么一叉,整个就一泼妇骂街的架势:"哟!你个男人婆怎么在这儿?昔微呢?"

换作从前盛惠惠肯定会直接和他杠上,现在完全没有那个心情,白眼那么一翻,有气无力地说了句:"算你倒霉,她刚走。"

潘子安眼神里带着嫌弃:"她都不在,你怎么还待在她家?"说着,他眼中又划过一丝惊恐,"等等……你这穿的什么?睡衣!你不是自己租了房子？怎么睡她这儿了？"

盛惠惠都懒得理他，一边打着哈欠，一边口齿不清地挥手赶人："她人不在，你要滚赶紧滚，少杵这儿辣我眼睛！"

按照以往的经验，潘子安定然是二话不说就撸起袖子和盛惠惠干了起来，今天他俩一个个都反常得紧，她都这么说了，也不见潘子安捏着拳暴走，反倒是变了个人似的轻叹一口气："好了好了，少爷我今天没心情和你吵，既然昔微不在，我也要进去，和你认真谈谈。"

头一次见到这么正经的潘子安，盛惠惠一万个不适应，不由得往后缩了缩："你……你你……"

"你什么你？"潘子安白眼都要翻上天，"少往歪处想，少爷我看不上你这种男人婆。"

也不等盛惠惠做出反应，潘子安便自顾自地换鞋走了进去，像个大爷似的大刺刺地瘫在沙发上。

"我也不跟你兜弯子了，这些天我一直都联系不上昔微，她手机始终都是关机状态，微信、QQ根本联系不到本人，微博也再没更新过，你知不知道她最近到底是怎么了？"

盛惠惠不知道的是，张昔微有两个手机号码，一个是联系别人时使用的，另一个则是专门为她而设。所以，在潘子安说张昔微手机始终处于关机状态时，她第一反应便是怎么可能，明明她就能打通啊，后转念一想，才有所领悟，猜测到张昔微大抵是分了私人号和工作号，但怎么都没猜到，张昔微为她一人单独设了个号码。

盛惠惠自然不会自作主张到把自己所知道的那个号码告诉潘子安，只摇了摇头说："我也不知道。"顿了顿，又做补充，"其实我也觉得她这些天有些反常，可要是问我究竟是哪里反常，我也说不上来。"

"是呀。"瘫在沙发上的潘子安又换了个姿势，才继续说，"自从那天和你一起出去逛街，遇到那个奇怪的男人后，她就开始变得很奇怪。那也是我最后一次见她，之后她一直处于失踪状况，连我们主编都联系不到她人。"

这样的情况又岂止是反常，简直都有些奇怪了。

盛惠惠和潘子安毕竟不熟，有太多东西没法明确地告知他，到了后面，潘子安只觉盛惠惠一问三不知，加上张昔微一直都没回，他对盛惠惠这男人婆又实打实地嫌弃，强行逼着盛惠惠和自己交换了个联系方式后便走了。

盛惠惠这个号码用了整整四年，即便是想逃走也没换号码，而是选择直接把徐翰卿给拉黑。

只剩盛惠惠的房间再次变得异常安静，她躺在床上一点一点地回想潘子安和自己的谈话过程，把这些天所发生过的事情统统在脑子里过了一遍。直至这时候她才发觉，很多事情在发生的时候并没让人觉得异常，后面再回想起来，才隐隐透露出一丝不妥。她脑袋实在算不上好使，否则也不会处于这样一种被动的局面，完全想不到应对之策的她哀号一声，自暴自弃地抓起丢在床头的手机开始刷微博。

盛惠惠这种从不发微博的人，无外乎也就是刷刷热门，以至于不让自己被这个网络世界所抛弃，接连看了N条明星热门和萌宠的微博后，她看到了一条莫名其妙令人觉得很慌的微博。

这条微博是某日报发的，倒是十分具有权威性，大致内容是，一对情侣入住酒店，发现有针孔摄像头正对床头。除了报道这条消息外，博主还弄了个九宫格，告知大家在外如何防偷拍，发现针孔摄像头，她随手点开一张图看，第一条便是：

"关掉房间灯，拉上窗帘，让房间处于完全黑暗的状态。打开手机照相功能，绕房间转一圈，如果发现屏幕上有红点，则可能是针孔摄像头所在的地方。但是，此方法只适用于有红外线补光的摄像头。"

　　盛惠惠给这条微博点了个赞，后面的也懒得看下去，她这种人即便是看了也记不住到底讲了哪些东西。

　　稍做感叹的盛惠惠右手拇指轻轻滑动屏幕，继续往下刷，大约半小时后就已经刷完了她感兴趣的内容。恰好这时候倦意袭了上来，她打了个哈欠，直接跳到地板上，赤着脚跑到窗户前，"刺啦"一声拉上了窗帘，又噔噔噔跑回床上，整个过程堪称神速，绝不超过三秒。

　　在张昔微家的这些天，她一直都过着混吃混喝刷微博的颓废日子，这种日子明明是她从前最向往的，真正过上了反而又觉空虚。

　　躺在床上的盛惠惠犹自感叹着，手机屏幕突然亮了起来，一抓起才发现是条垃圾短信，她懒洋洋地举着手机，才删完那条短信，就十分手残地点进了相机，屏幕一片漆黑，边角处似乎还有个红点。

　　红点？

　　盛惠惠一愣，又挪了挪手机，先前那个位于手机右下角的红点顿时移到了中心位置,她握住手机的手猛地一颤,只听"啪嗒"一声响,手机直接砸中她鼻梁。

这突如其来的剧痛使她困意尽散,她满脸惊恐地从床上弹起,一个猛冲跳下床,直接掀开窗帘,原本被隔绝在窗外的阳光再次袭来,照耀在她身上,一点一点暖和她的身体。

她看到了什么……补光摄像头的红点?

此时此刻,盛惠惠的脑袋又岂止是混乱,她的思绪不停翻涌,顿时搅成了滔天巨浪。

"一定是别的东西吧……不可能是摄像头,那种东西又怎么可能会出现在昔微安排给我的房间里……对,一定是弄错了。"

盛惠惠这般自我安慰着,仅存的理智让她选择相信张昔微,身体却不受控制地走向了刚刚发现红点的地方。

那是一面墙,一面垂挂了很多干花的装饰墙,盛惠惠的速度很慢很慢,几乎每走一步都在抖。

在她和那堵墙仅隔十厘米的距离时,她看到了隐藏在干花束之间的那样东西——针孔摄像头。

02.委屈和恐慌顿时涌上心头,她的心脏仿佛被人紧紧地握住,一点一点地碾压着,眼泪毫无征兆地流了出来,此时此刻的她就像只被人抛弃的小奶狗,除了蜷缩成一团低声呜咽,什么也做不了。

当真相呈现在眼前的时候,她的反应却比想象中镇定。

原本要触及针孔摄像头的手缓缓收回,她动作自然地走去客厅,然后,掏出手机。

短时间内她思考了很多,她对张昔微的感情毋庸置疑,本不应该去怀疑张昔微的,可都已经出现这种情况了,她又怎么可能不去怀疑,傻乎乎地将这一切都当成是意外?

她颓然躺在不算长的布艺沙发上,在脑袋里将自己和张昔微相识的整个过程再度回顾一遍。

这样的事,她前不久才做过,这次却不似从前。她闭上眼睛,竭尽所能地让自己回忆起与张昔微相处的细节,不放过任何一件细碎的小事,然后,她发现了一个一直以来都被她所忽略的事实,简直细思极恐。

她性格开朗讲义气,向来都是乐于多结交朋友的那类姑娘,可认识张昔微的这四年间,却无一人能走到她身边。张昔微仿佛总有这样或者那样的理由和借口拉开那些接近她的人，以至于到现在，她既无同性好友也没异性朋友，更别提男朋友这种存在。整整四年，她身边都只有一个张昔微。

她越想越觉可怕，瞬间打消了给张昔微打电话问清楚整件事来龙去脉的念头。

现在的她一秒都不想在这里多待，徐翰卿目的不明，认识四年的张昔微接近她也是怀有目的，她谁也不能相信，她要回去……对，回去，回到她的家乡，离开这座城市。

一个小时后……

窗外的景物飞速在盛惠惠眼前掠过，她托腮望着远处连绵不绝的山峦，从前的事不由自主地浮现在脑袋里，她的记忆仿佛只有大学四年，再往前的事一片模糊，只有个大概的轮廓，仿佛她前十八年的人生就只是一场电影。明明知晓发生过的轨迹和过程，却无一丝代入感，甚至连细节都无，模糊到令人觉得诡异，仿佛那根本就不是她亲身经历过的人生，而是一段被人强行注入到她脑子里的，不属于她的记忆。

她紧紧握住手机，本能地想给父母打电话，脑袋里又浮现出一个声音，强行制止她做这件事。

她不知道这究竟是怎么一回事，似乎每当她准备给家里打电话，脑袋里就会冒出个声音对她进行心理暗示。

那通电话终究没能拨出去。

两个半小时后，列车准点到站，她不在车站做一丝逗留，直往家里奔。

她仿佛很久没回过家了，可当她顺着记忆准备去找妈妈的新家时，才恍然发觉，那个地方根本就不存在。她不死心，任凭脑海中那个声音如何对她进行心理暗示，她都咬紧了牙关，拨出那串既熟悉又陌生的号码。结果，电话那头只有个冰冷的女声在不停重复："对不起，您拨打的号码是空号。"

"不可能……怎么会这样？"她呆呆地望着手机，再拨了一次，响起的依旧是那个冰冷不带一丝感情的机械女声。

"是不是妈妈换号码了没告诉我？"她不停喃喃自语，"可她换号码了为什么不告诉我……那爸爸呢？爸爸的电话一定能打通！"

她的挣扎不过是徒劳，这次也依旧是空号。

委屈和恐慌顿时涌上心头，她的心脏仿佛被人紧紧地握住，一点一点地碾压着,眼泪毫无征兆地流了出来,此时此刻的她就像只被人抛弃的小奶狗,除了蜷缩成一团低声呜咽,什么也做不了。

过往的人群来来往往,途经她身边时,大多都会撇头望她一眼,或是怜悯或是不解,却无一人上前。

她一直蜷缩在街角,也不知自己究竟哭了多久。等她发觉自己再也流不出眼泪的时候,天已经暗了,一个提着菜篮子的老大爷扭着头注视她半晌,露出和蔼的笑:"小姑娘,你这是怎么了?"

"我……"盛惠惠连忙起身,由于蹲太久,以至于她起身的一瞬间有着强烈的眩晕感,她因长期维持一个姿势而发麻的腿一软,整个人往后一栽,正好撞在身后的围墙上,被她握在掌心的那张写了地址的字条顺势飘了出去,不偏不倚,恰好落在老大爷的菜篮子里。

"小姑娘,你要找月桂巷啊?"

听到老大爷的话,盛惠惠再次强打起了精神,连忙上前一步:"是的,爷爷您知道在哪里吗?"

"找不到咯,那个地方啊早就被拆了,改了别的名。还有,这个地址是谁给你的?这户人家我认得的,姓盛,可是早在四年前就都不在了,好像是两口子吵架,吵到后面把房子都给烧了,可怜那刚考上大学的闺女哟。"

突然听到这种消息,不亚于晴空中降下两道霹雳。

盛惠惠几乎都有些站不稳,跟跟跄跄地后退两步,再次靠在了围墙上。然后,她听到了自己气若游丝的声音:"请问爷爷您知道这家人的女儿叫什么名字吗?"

"盛惠惠,这个名字还挺特别,那姑娘又这么惨,所以我印象特别深。啧啧,真的是可惜哟,听说还考上了H市的名校,是什么学校来着,好像是叫'阿福大学'还是什么的……"

盛惠惠连靠在墙上的力气都没有了,整个人顺着墙根软绵绵地滑了下去:"是F大吗?"

"对!没错!就是这个'阿福大'!"

老大爷提着菜篮哼着小曲走远了,徒留盛惠惠一人瘫坐在墙角。

她的大脑仿佛在这一刻停止了运转,双目呆滞地望向了远方,这一刻,她已经失去了所有的东西,爸爸、妈妈、朋友,甚至连盛惠惠这个名字,和盛惠惠这个名字所拥有的人生都不属于她。既然如此,那她又是谁?

在她完全放空的时候,不知何时被丢进兜里的手机突然响了,毫无意外，是张昔微打来的。

盛惠惠盯着屏幕望了足足三秒，才接通电话。

电话那头张昔微的声音听上去有几分急切："小惠，你现在在哪里？"依旧是从前那种关心的语气。

"我在高铁站。"盛惠惠的嘴角弯了弯，空无一物的眼睛里不带任何情绪，"妈妈突然给我打电话，说想我了，让我回家一趟。"

"妈妈？"张昔微的声音瞬间拔高，盛惠惠能感受到，她慌了。

盛惠惠原本弯起的唇又上扬了几分，却不曾接话，电话那头安静了足足五秒，才再度传来张昔微的声音："哎呀，你怎么不告诉我，就走了呢？害得我好着急呢。"她语气明显有了变化，像是想恢复成原样，却又在细微处暴露出她的不安。

"你这段时间太忙了，我本来准备回家再告诉你。"说到这里，她缓缓吁出一口气，"太久没回了，不管是哪里都让我觉得陌生。"

张昔微显然没听进盛惠惠刚才所说的话，立马又问："小惠你买的几点的票呀？我去车站找你吧。"

"一点五十的票。"

"一点五十？"张昔微显然有些抑制不住了，"所以你现在不是在 H 市车站，而是在 C 市车站？"

盛惠惠并未回答，直接掐断了电话，只要告诉张昔微这个答案便够了，那么接下来——她低头看了眼手机，将原本被拖入黑名单的徐翰卿的号码恢复到通信录。

她不知道自己将来要面对什么，只知道自己再也不想逃避了，想直面属于自己的人生，想从这团迷雾中走出。

徐翰卿的号码才被提出黑名单，她便毫不犹豫地拨了过去。

电话那头是徐翰卿毫不意外的声音，仿佛他早就意料到盛惠惠终会联系他。

这股子笃定莫名让盛惠惠觉得不爽，连带说话的语气都带着几分寒意："来 C 市高铁站找我，我有非弄清楚不可的事，关于你，关于张昔微，也关于我自己。"

不待徐翰卿做出回应，盛惠惠便已挂断电话。

她最后看了一眼这陌生的街道，背好包，再度踏上高铁站所在的方向。

三个半小时后……

立在出站口的徐翰卿第十次拨打盛惠惠的电话，依旧无人接听，他原本波澜不惊的脸上不禁露出一丝疑色。就在他收起手机的一瞬间，前方突然传来一阵算不上急促的高跟鞋声，那声音一步一步踏来，极富节奏性，与其说来者是迈着猫步前进，倒不如说是训练有素的军人在踏着正步前进。

徐翰卿手中动作一顿，不禁抬起了眼帘，首先映入他眼帘的是一双穿着裸色细高跟的长腿，并不是时下所流行的那种纤细到病态的筷子腿，而是一双肌肉线条完美且莹润饱满的性感美腿，这样一双腿是在无数的训练与运动中所造就的，绝非天然生成。

仅仅是凭借一双腿，徐翰卿便已猜到来者是张昔微了。

今天的张昔微一改往日的风格，连气质都从柔弱女神直接跃为冷峻女王，若是盛惠惠在场，她一定会感慨，这才是真正适合张昔微的风格。

看到这样的张昔微徐翰卿似乎一点儿都不意外，相比较他的淡定，张昔微可谓是满脸震惊："你怎么也来了？"

"被她邀请来的。"

张昔微并不想去深究这六个字所包含的寓意，颇有些神色不明地说："我半个小时前就已经到了，可是一直都没找到小惠，电话也始终没人接，我想，她是不是发生了意外？"

此时此刻，张昔微口中所谓发生意外的盛惠惠正一脸呆滞、双眼放空地望着前方。

一个小时前，她才赶到高铁站，便有一个男人突然走过来拍了一下她的肩，再然后，她便失去了意识，被人丢在了这个灯光昏暗的破屋子里。

她不知道这些人究竟有何意图，却下意识地将他们与张昔微以及徐翰卿联想到一起，至于究竟是哪边的人，她现在甚至更偏向于张昔微。

正如她所预料，这个念头才从她脑中冒出，屋外便传来一阵谈话声。

谈话的是两个男人，声音着实算不上小，即便和盛惠惠所待的这间破屋有些距离，声音也都一字不漏地传入了盛惠惠耳朵里。

"43究竟是怎么想的，非但没杀她，还将她藏了整整四年？"

"管她怎么想的，反正这女人现在在咱们哥儿俩手上，43和那亲卫队的总会上钩儿。"

盛惠惠倒是猜到了这帮人是和张昔微一伙的，从他们的话来判断,张昔微像是被人派来杀她的,只是张昔微为什么非但没杀她,还将她藏了整整四年?

对于这点,盛惠惠表示十分不理解,其实再仔细去分析一番,她这种行为倒也能解释得通。盛惠惠不由得联想到了张昔微当初对自己所说的话,她和徐翰卿一样,都是联邦皇家军校毕业的,来这里是为了执行任务,那么是不是可以理解为,她混入这伙人中其实是在做卧底,无意中发现了自己,便保护了起来?

这样一想倒是能解释得通,可前几天出现在房间里的摄像头又是怎么一回事呢?

若是没有那个可疑的摄像头,盛惠惠是绝对不会怀疑张昔微意图的。

这个问题于她而言,简直百思不得其解。

接下来的半个小时,盛惠惠都在思考这个问题,结果自然是她想得脑仁都疼了,却依旧想不出个所以然来。

她这人性格中为数不多的优点之一便是乐观,既然想不通这件事,倒不如先抛到一边,以后总能找到机会弄清楚,现下的情况来看,还是想办法赶紧逃跑才是硬道理。

就像电视剧中所演的那样,她的手被人用麻绳给绑了起来,唯一值得庆幸的是,她的手并未被反绑在身后,而是被绑在身前,如此一来,她这双手能自由活动的空间倒不算小。大概摸清现状的她连忙从地上爬起,目光在屋中四处游走,企图能找到可以将绳子磨破的尖锐工具。她而今所处的地方,用空房间来形容也不为过,整个屋子里空得近乎诡异,简直就像那种刚建好、尚未进行装修的毛坯房。她就这样在这间房内寻觅了近十分钟,方才决定,用窗台上垂直的角来磨断麻绳。

这个计划比想象中的还要成功,她磨的角度也十分讲究,绳子并非从中间部分断开,再缠回手上又能制造出一种绳子尚且完整的假象。

盛惠惠对此十分满意,做完这些她便深深吸了一口气,开始猛地撞门,还伴随着叫喊声:"这是哪里?有人吗?为什么要绑着我?救命啊!救命啊!"

她可不是张昔微那种细柔的声线,她的嗓门儿很大,不仅音色清亮,还十分尖锐,可谓是穿透力十足,故而才号了五六声,外面便传来一阵沉重的脚步声。

不过须臾,就响起了一个浑厚的男声:"吵死了!给老子安静点儿,你现在就算是喊破喉咙都不会有人来救你的!"

这话可谓是槽点十足。

盛惠惠默默在心中吐着槽,心想,难道天底下所有的反派台词都这么没新意吗?

吐槽完毕的她沉默半晌,又开始"嘤嘤嘤"干哭干号:"你们抓我干什么呀?是要卖去山区给人做老婆,还是卖去黑心工坊挖肾啊?"

外面那人实在受不了她,十分不耐烦地咆哮:"少废话!别瞎猜!"吼完这句便再无任何动静。

对普通女孩儿来说,那声咆哮可谓是相当具有震慑力,可盛惠惠是谁,这种程度的恐吓对她来说压根儿就不算什么。

她眼珠子骨碌骨碌转了两三圈,又贴在门上扯着嗓子哭哭啼啼:"哎哟!我怎么这么可怜,这么命苦啊!饭都还没吃就被人给绑架了,要死也要做个饱死鬼啊,你们能不能给我吃点儿东西啊?"

外面那人估计是没想到盛惠惠竟这么难对付,愣了好一会儿,才冷哼一声,说:"这女的真啰唆,赶紧弄碗泡面来!"

不得不说,那些人的办事效率是真快,不到一分钟的时间,那扇紧闭着的门就被打开了，只见一个身高近一米九的壮汉端着 × 师傅红烧牛肉面走了进来。

从门被打开的那一瞬间盛惠惠就整个人都不好了，其实她晚上吃过东西了，现在倒是一点儿也不饿，之所以这么折腾就是为了看看门外的人到底长什么样，却是万万没想到居然这么……魁梧雄壮，简直……简直就像一只变异的山地大猩猩，她甚至都有些怀疑，那人能不能顺利将自己塞进门框里。

原本还对逃出去一事信心满满的盛惠惠登时就蔫了。

开什么玩笑……他们都是超级赛亚人吧！

盛惠惠简直想哭了，面对这样一群人，她要怎么逃啊？！

从某种程度来说，盛惠惠这孩子倒是有着不抛弃不放弃的决心，实力差距都已经这么明显了，她仍不死心。等壮汉走了过来，她又可怜巴巴地说："我手被绑住了，吃不了。"

也不是那壮汉不解风情，只是没戴假发的盛惠惠在他看来，和外边那些兄弟完全没差，大家一样一样的，都是男人。

所以，盛惠惠这娇根本就是白撒。

壮汉非但不领情，反倒一脸嫌弃："又不是没手！自己想办法吃！"说完，人就跑了，可谓是挥一挥衣袖不带走一片云彩。

盛惠惠翻了个白眼，松开了缠在手上的绳子，稍微吃了几口面，又开始策划逃跑大计。

她的运动神经相较于一般的女孩子来说，可谓是相当不错，但是刚刚那个男人明显就是那种经过专业训练的，相信外面那些人也不会和这个差太多。面对这样一群人，想从这里逃出去的难度系数会不会太高了点儿啊。难道真要坐以待毙，等张昔微和徐翰卿来救自己？

换作从前，她或许真会这么做，可如今，她已不想再欠那两个人任何人情。

吃完面的盛惠惠有些焦躁地在屋内来回走动着。

走着走着，又恍然发觉这房间内居然还有一扇窗，更难得的是，这里还是二楼，窗户外面又没装防盗窗，她完全可以趁着他们都睡着了，从窗口跳下去，二楼跳到一楼对她而言根本算不上什么难事。如今来说，最难的还是她压根儿就不知道屋外的情况，以及这伙人的具体人数。

想到这些，盛惠惠不禁又开始撞门，边撞边嚷嚷着："开门！

开门！我要上厕所！我要上厕所！"

这次来开门的人又换了，如果说刚才那个是超级赛亚人，那么现在这个也能称得上是缩水版金刚，总的来说，一个赛一个壮。

而且这人明显比刚刚那个脾气暴躁，一路领着盛惠惠往厕所走，一路骂骂咧咧，嘴就没停过。

第五章

她还以为未来世界的人用的武器起码是枪呢,
结果居然抄了把菜刀。

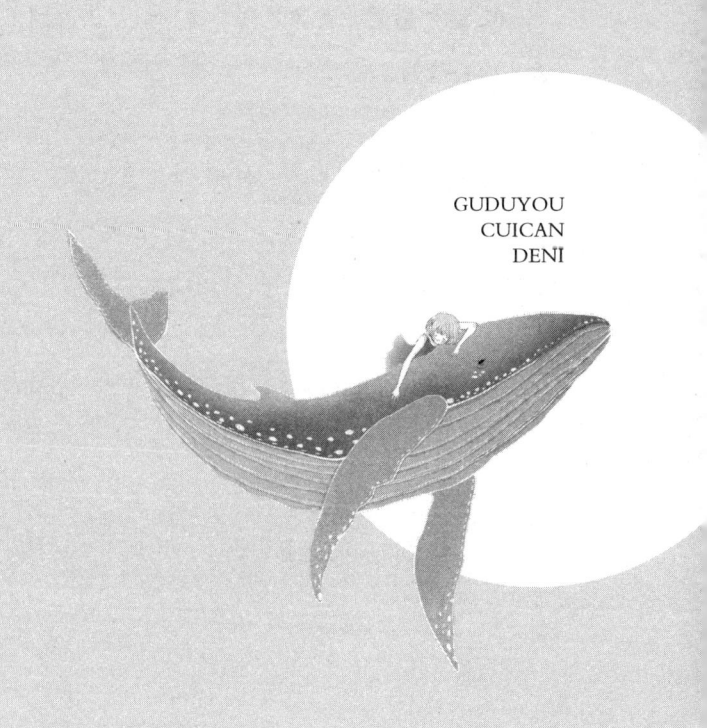

GUDUYOU
CUICAN
DENI

01. 这种感觉，就像是被一盆狗血从头淋到了脚，这酸爽简直透心凉心飞扬！

被缩水版金刚领着走的时候，盛惠惠也没闲着，她一路暗中观察，发现除了缩水版金刚和第一次来开门的超级赛亚人外，屋子里还睡了另外两个壮汉。也就是说，目前为止共有四个人。

这一整晚盛惠惠都没怎么睡，一直留意屋外动静，要命的是，这里根本就不止四个壮汉，屋内起码有四个值班的盯着盛惠惠，屋外还有若干巡逻的。好在她没头脑发热一下跳下去，否则被发现了还不得被揍得脱一层皮。

认清自身处境的盛惠惠这下终于死了心，接下来几天都一直乖乖待在屋子里。

时间一点一点过去，等到了第四天早上，屋外忽然传来一阵阵嘈杂声，乒乒乓乓，还混合着几个大老爷们儿的惨叫和嘶吼声。这样的动静着实扰得盛惠惠无心睡眠，她皱了皱眉头，很不情愿地从地上爬了起来，此时的她依旧一副没睡醒的样子，两眼发直地望着门，压根儿闹不明白究竟发生了什么。

她这样的状态持续了近五秒，紧闭着的门突然被人"砰"的一声踹开。

缩水版金刚就这么抄着菜刀，凶神恶煞地朝她冲了过来，原本还有些蒙圈的盛惠惠简直要被这一幕给吓得魂飞魄散，尖叫还没溢出喉咙口，人已经"嗖"的一声跑向窗口，被吓得完全失去意识的她这是准备直接跳窗而逃了。

她动作一气呵成，其动作之迅猛简直令人咂舌。然而，人家缩水版金刚比她动作更快，眼看她就要跳下去了，只感觉身后一阵风扫来，然后马上就要跳下去的她就这么猝不及防地被人强行从窗口拽了回去。

盛惠惠小心肝那个颤哟，连忙哭爹喊娘地号着："壮士饶命！别杀我！别杀我啊！"她也不知道这究竟是打哪儿学来的台词，总之，一紧张就脱口而出了。

缩水版金刚都懒得嫌弃她了，提着她直往屋外冲。

盛惠惠都还没搞清发生了什么，就听他仰天一声吼："再过来，我就弄死她！"

原本还在号啕大哭的盛惠惠一听这话立马就止住了哭声，马上就明白了，敢情自己现在是人质啊！

这个念头才从脑子里冒出，徐翰卿的身影便映入她眼帘。

明明才过八九天，和徐翰卿分开也才这么久，盛惠惠只觉像是过了漫长的一个世纪，久到连再次见到徐翰卿的脸，都有种难以言喻的满足感。

盛惠惠本想开口说些什么，下一瞬，张昔微又猛地冲了过来，如箭一般映入她眼帘。

她对张昔微的感情，非同一般的错综复杂，从前的感情不曾掺假，可越是这样，便越无法忍受背叛和欺骗。只是她对张昔微依旧恨不起来，大抵是因为张昔微虽然欺骗了她，却不曾对她造成伤害所致吧。

见到徐翰卿和张昔微，盛惠惠没由来地感到安心，连带心情也都平复不少，大抵是因为这两个人给她壮了胆子，所以，她都有心

情来吐槽了。纵然菜刀依旧横在她脖子上,她也能一脸平静地在心中吐着槽:

张昔微不是从未来世界来的吗?从那些人的语气来判断,他们应该也是和张昔微一样,从一千五百年后穿越过来的,她还以为未来世界的人用的武器起码是枪呢,结果居然抄了把菜刀,害得她那一瞬间以为自己就要被剁碎,做成人肉叉烧。

这个想法才冒出不久,就听前方传来"砰"的一声响。

这声音着实来得突然,猝不及防间就把盛惠惠给吓了一跳,她人都还没反应过来,就看到那缩水版金刚满脸痛苦地捂着肚子,远处的徐翰卿手上则握着一把枪。

盛惠惠都要惊呆了!

还真有枪啊!她不过是吐个槽而已,有必要这么快就被打脸吗!

不过还有一个问题,这枪到底是从哪儿来的?这又不是电视剧,哪儿能这么随便就弄到枪……

盛惠惠犹自纠结着。

徐翰卿又飞速射出一发子弹,并且整个人以迅雷不及掩耳之势冲了过来,一脚踹开那因剧痛而面目狰狞的缩水版金刚。

盛惠惠则依旧愣在原地,一脸蒙圈。

徐翰卿朝枪口吹了口气,居然冲盛惠惠笑了笑,开口解释:"你们这儿买不到枪,这是我用玩具模型组装的,里面装的也不是真子弹,只能把人打伤,要不了命。"

"嗯……"盛惠惠点点头。对她来说,徐翰卿的这番说明,有些莫名其妙,她也懒得去想,脑袋依旧有些混乱。

就在他俩对话的空当,那个被徐翰卿一脚踹开的缩水版金刚突然面目狰狞地从地上爬了起来,并朝盛惠惠所在的方向猛地一扑——

整件事都发生得太过突然,几乎是在一瞬之间完成,别说盛惠惠,就连徐翰卿一时之间都未能反应过来。

利器划破肌理和血肉的闷响声擦着耳郭传来,飞溅而出的血液一瞬间染红了盛惠惠的眼,一切都发生得太快,不知何时跑来的张昔微突然"砰"的一声倒在了地上,而那持刀砍人的缩水版金刚明显因砍错了人而走了神,徐翰卿则抓准这一时机,再一次将其踹倒。

盛惠惠看似大大咧咧,实则并不是一个多大胆的姑娘。

平白无故遭人绑架也就算了,居然还这么近距离看到别人流这么多血,顿时有些手足无措,眼泪一下就出来了,下意识就想抱住张昔微哭。

倒是徐翰卿率先反应过来,喊了救护车。

张昔微躺在盛惠惠怀里,声音有些虚弱,却是在不停地说:"小惠,对不起。"

盛惠惠不明白她所谓的对不起究竟是指什么,只一个劲儿地摇头:"没事,没事,我什么都不怪你……"

在没发生这些事之前,她本有很多很多话要和张昔微说,到了现在,除了不停重复那句话,什么都说不出口。

这地方看着偏远,救护车来得倒是挺快,不到二十分钟,就有一辆救护车停在了这栋建筑之外。

盛惠惠与徐翰卿一同上了救护车,张昔微再也没开口说话,也不知是陷入了昏迷,还是没了力气。

从张昔微挨刀开始,盛惠惠的眼泪就没停过,直到现在,仍在不停地低声啜泣。徐翰卿只得拍拍她的肩,轻声安慰:"别怕,她不会有生命危险。"

盛惠惠不明白,徐翰卿这是打哪儿来的自信,明明张昔微都已经流了这么多血,他却仍能这般镇定自若。

她越想越觉得徐翰卿面目可憎，宛如一个渣男，对徐翰卿更加没有什么好脸色。

徐翰卿并不知她心中所想，只发觉她脸色越来越不好看，只得又安慰："这一刀避开了要害，相信我，作为联邦军校的学生，她肯定能撑下来。"

这种情况下，再听到这种话，盛惠惠顿时就怒了，说话的语气难免有些重："我不管你们究竟是军校学生还是警察，我只知道她替我挡刀，受了重伤，而且她还是个这么漂亮的女孩子，要是留了疤，她以后要怎么见人？"

徐翰卿叹了口气，有几分无奈："你这是关心则乱，你首先就得相信她，不会这么弱不禁风。"

这种情况下，盛惠惠早就无比坚定地站在了张昔微那边，任凭徐翰卿怎么说都是错。

徐翰卿也不是不明白自己如今的处境，索性闭上嘴，不再说话。

两人相顾无言，救护车一路急速前行。

大约十分钟后，救护车便抵达了医院，张昔微被人推进急救室，盛惠惠则与徐翰卿一同站在走道里等。

大约又过两个小时，张昔微才终于被医生们给推了出来。

正如徐翰卿所说，那一刀看似凶险，实际上完完全全地避开了要害，所以，张昔微现在的状况十分稳定，直接被推进了普通病房。

一直提心吊胆的盛惠惠终于松了一口气。

三人才进病房不久，张昔微的手机便响了起来，是潘子安打来的。

盛惠惠犹豫再三，还是接听了电话。

电话那头的潘子安一听是盛惠惠的声音，当即就变了声调，尾音一扬，和先前那副温温柔柔的样子判若两人。

"怎么又是你？"

盛惠惠不知该怎么接这话，沉默半响，才开口道："昔微出事了，刚出急救室，现在依旧处于昏迷状态……"

"什么！"潘子安的声音倏地一下拔高，"你们现在在哪家医院？快告诉我！我现在就过去！"

……

盛惠惠才挂断电话，徐翰卿就凑了过来，从他的神色来判断，依旧猜不出他心里的想法，只是说话的语气明显有了变化，带着那么一丝不容置疑的强硬。

"既然有人来照顾她，那我们现在就走吧。"

刚听到这话的时候，盛惠惠还以为自己耳朵出了问题，是个正常人都不会这么说吧？

她愣了好几瞬，才彻底将这话给消化掉："现在就走？你在开什么玩笑？万一那伙人找上门来了，她又该怎么办？"

"那伙人是否会找上门来，并不在我的考虑范围内。"徐翰卿的表情可以称得上是冷漠，"我唯一要考虑的是你的人身安全，此外一概不在考虑范围内。"

盛惠惠脸色骤变，若不是考虑现在正在医院，估计都要指着徐翰卿鼻子破口大骂了。

她握着拳磨了半响的牙，才狠狠道："我都没发现你居然是这种人，前女友都这样了，你还这副态度，你这种人跟渣男又有什么区别？"

盛惠惠说出这番话，也是徐翰卿始料未及的，他沉默了好一会儿，才再度开口："我有话要跟你坦白。"

不待盛惠惠发出质疑，他便已经开始自顾自地说了起来："事已至此，也不知道你有没有怀疑过自己的身份。"

这点，即便徐翰卿不说，盛惠惠也会想办法问清楚，若不是突然被人绑架，恐怕她早在四天前就已经把自己的身世弄得一清二楚了。

她并没接这话茬儿，只微微点了点头。

徐翰卿看着她，又继续说："其实，你跟我们一样，都来自一千五百年后的未来世界，只不过，你忘掉了从前的一切。"

盛惠惠想过很多种可能，也不是没怀疑过自己也同样来自一千五百年后，却怎么都没想到这是真的。

原来，盛惠惠是在那场灾难发生前被人送回了这个时代，结果却在穿越途中发生了意外，由此一来，所导致的后遗症便是盛惠惠记忆紊乱，她不仅将从前的记忆全给忘光了，还时不时玩个失忆，一天到晚都头晕脑涨。送她来这个时代的人不忍看她这么痛苦，又有意隐藏她的身份，因此便给她催眠导入了一段属于真正的盛惠惠的记忆。

她如今所使用的这个身份自然是假的，正如她听到的，盛惠惠一家人早就已经葬身火海，她不过是代替盛惠惠活下来了而已。

听徐翰卿说到这里，盛惠惠已经信了七成。

她稍稍沉吟了一番，问道："那我在未来世界的身份究竟是什么？

为什么有人会将我送来这个时代?张昔微那伙人又为什么要杀我?"

"您在一千五百年后的身份是公主,之所以被送回这个时代,不过是因为女王想要保护您。几十年后的未来世界将会发生一场浩劫,您则是阻止那场灾难发生的救世主。正因为这点,才会有邪恶组织盯上您,为了保护您,女王陛下便不得不将您送回这个时代。"

盛惠惠神色复杂到完全无法用言语来形容,这种感觉,就像是被一盆狗血从头淋到了脚,这酸爽简直透心凉心飞扬!

她被这种犹如公主小妹般令人尴尬症发作的设定给雷得好久都缓不过神来,沉默良久后,又问:"那你又是什么身份?一个被派来保护公主的军人骑士?"

"这么说也没错。"徐翰卿缓缓地点点头,"因为我是皇家亲卫队队长,原本是专职负责保护女王殿下,如今则是公主陛下您的骑士。"

"呃……"

这话怎么听怎么觉得尴尬,盛惠惠又低头消化了好一会儿才将这段信息彻底消化完。

身为皇家亲卫队队长的徐翰卿自然不会明白,生长在红旗之下的盛惠惠对这些身份设定有多难接受，隔了不到两秒，他的目光便移至依旧处于昏迷中的张昔微身上："至于这个张昔微，她早已不是军人，却又特意接近你，并且意图不明，百分百是个危险人物，并不值得帮助。"

盛惠惠先前对他所说的话还有着七成的信任，如今听他这么一说，原本的七成直接降至三成。

她的眼神瞬间冷了下来："不论如何，我认识她的时间比认识你的时间长，要说意图不明，对我来说，莫名其妙出现的你才是真正的意图不明吧？"

对此，徐翰卿只是微微一笑："您愿意这么理解，也不是不对，既然您现在尚未觉醒，又不愿意跟我离开，那么，我便只能寸步不离地待在您身边保护您了。"

这话听得盛惠惠起了一身鸡皮疙瘩。

她对徐翰卿的了解虽不深，却也是知道这货说到做到，比谁都难缠。既然如此，她悠悠叹了口气，也只能由着他去。

大约两个半小时后，气喘吁吁的潘子安终于抵达张昔微所在的病房，盛惠惠甚至可以十分清晰地感觉到，潘子安松的那口气。

她犹自思索着该如何与潘子安解释这次的事故，潘子安便说话了："这究竟是怎么回事？昔微她怎么会受刀伤？"

该来的总要来，盛惠惠沉吟一番，略过一些不方便透露的部分，只和潘子安说了自己被人绑架，又被张昔微所救这一部分。

她虽竭力将整件事说得完整，却依旧有着不少漏洞。

只是潘子安此时的注意力皆被张昔微所吸引，并不曾去思考。

盛惠惠说完这些，潘子安顿时就怒了，指着她鼻子一顿骂："我就说昔微好端端的怎么会被人砍伤，原来是你这个专给人添麻烦的扫把星啊！"

他本就不太喜欢盛惠惠，一直觉得她给张昔微添麻烦，如今一来，更觉盛惠惠是个不断惹事的麻烦精。

盛惠惠并不辩解，任由潘子安去骂。

也不知究竟是潘子安骂得太难听了，还是盛惠惠这副模样太招人疼，从潘子安进来那刻便保持沉默的徐翰卿终于按捺不住，望着潘子安，冷冷道了句："你说话注意些。"

打一开始潘子安便注意到了徐翰卿，只是他和徐翰卿不熟，也没办法和徐翰卿搭上话，既然徐翰卿自己要掺和进来，他自然不会放过这个机会,问出了自己一直以来的疑惑:"你是谁?"

短短三个字,却是蕴含了肃杀之气。

盛惠惠本就觉得自责了,潘子安再这么一闹,她实在是觉得脑仁疼,只能抢在徐翰卿开口之前抢答:"他是昔微前男友。"

02.公主是将来能拯救这颗星球的种子,而我们的主人只想要毁灭,所以,不需要存在种子这种给人带来希望的存在。

"前男友?!"

潘子安显然没料到徐翰卿会是这么个身份,顿时就愣住了。

就在他发愣的空当,徐翰卿又道:"既然你来了,我和小惠先去休息了。"

打一开始徐翰卿就不准备留下来,只是潘子安又岂会这么轻易让徐翰卿走,他伸出手来,一把拦住要拉着盛惠惠离开病房的徐翰卿,语气明显和之前有所不同:"把话说清楚,你是昔微的前男友,又怎么会和她这么亲密?"

这种问题,徐翰卿自然懒得屈尊去回答。

盛惠惠越发觉得头痛,只能讷讷道:"因为……因为,他是我上司,我是他助理……"越往后说，声音越小越没底气，显然，她自己都觉得这种理由不够充分。

然而，若不这么解释，她该怎么说？难道告诉他，自己是来自未来世界的公主，徐翰卿是专程来到这个时代保护她的骑士？

她要真这么说了，估计会被当作神经病吧。

盛惠惠刚才那番解释果然不过关，潘子安一脸讽刺地眯起了眼睛："你觉得这解释合理？"

张昔微犹自昏迷着，这些天来盛惠惠也的的确确时刻都紧绷着神经，一听到张昔微脱离危险的消息，困意便袭了上来，她是真的累到不行了，也实在不愿意在这种情况下和潘子安进行无谓的争吵。她正想着该如何与他解释，徐翰卿又开口了，却是一张嘴说话就让盛惠惠想骂人，这不是摆明了在刺激潘子安吗？！

"不论合不合理，你都没资格来过问吧？"

随着徐翰卿话音的落下，潘子安明显一愣。

盛惠惠以为潘子安一定会牙尖嘴利地回击，原本都已经做好了让他"息怒"的准备，却是等了老半天都没等来一个字。

盛惠惠颇有几分疑惑地望向潘子安，却见他双眼迷离地望着前方,嘴唇紧抿着,不知在思考什么。

他的确没资格来问这些,两人一个是张昔微的闺密,一个是张昔微的前男友,而他,顶多就是同事加普通朋友的关系。

潘子安被徐翰卿怼得哑口无言。

徐翰卿便趁着这时候拽着盛惠惠走了出去,关门前还道了句:"明天上午,我们来换班。"

盛惠惠原本是不愿意离开的,可不知怎的,潘子安一来,她便没由来地感到心虚,只能任由徐翰卿拉着去休息。

两人在医院附近开了房,第二天大概七点多的样子就一同出门,给张昔微买了粥。

令盛惠惠没想到的是,潘子安竟真寸步不离地一直守在张昔微身边。盛惠惠赶到张昔微病房的时候,只见原本白白净净的潘子安眼睛下顶着两个硕大的黑眼圈,甭提有多喜感。

盛惠惠递了一碗粥和糕点给潘子安,小心翼翼地说:"先吃点儿东西再去休息吧,我们替你开了一间房,你待会儿直接去那里休息便好。"

潘子安显然对盛惠惠仍有怨气未消,翻着白眼接过盛惠惠手中的粥，什么话都没说，低头便喝。

盛惠惠也懒得去讨没趣，径直走向张昔微的病床，眉眼中皆是歉意。

潘子安倒也是神人，那么热的粥竟呼哧呼哧几口便喝完了，接着默不作声地拿走了盛惠惠先前放在床头柜上的宾馆房间钥匙，竟是头也不回地走了出去，想必是累惨了。

盛惠惠一脸莫名地望着他远去的背影，好一会儿才想起，自己还没告诉他宾馆地址，于是连忙掏出手机，给他发了条短信，做完这些，她方才又将目光再度移至张昔微身上。

事已至此，盛惠惠是真弄不明白张昔微的立场了，一边望着她精致的脸一边幽幽叹着气。

她这唉声叹气的模样实在喜感，一直立在她身后的徐翰卿忍不住笑出了声。

他这一笑又不知戳中了盛惠惠哪根不得了的神经，她当即便怒了，瞪着徐翰卿说："昔微都这样了，亏你还笑得出声，真看不出你曾是她前男友！"

面对盛惠惠的质问，徐翰卿脸上的笑立即敛了起来，又恢复成那张正经严肃脸。

盛惠惠也是没办法了,只得把头转回去,继续将目光黏在张昔微身上。

第二天上午几点钟左右,张昔微才终于悠悠醒来。

也就是在这时候,盛惠惠才知道,原来她早在昨天晚上三四点钟的时候就醒了,潘子安几乎和她说了半宿的话,也怪不得大早上的他就这么一副憔悴的模样。

张昔微没醒的时候,盛惠惠是真打心眼儿里着急,等到人家醒了,她又莫名地不自然,有着不知该如何来面对张昔微的窘迫。

倒是张昔微大气淡然,一眼便瞧出盛惠惠的内心想法,一如从前那般温温柔柔地道:"小惠,我饿了,你能帮我把粥端来吗?"

"可以!可以!"盛惠惠一听便手忙脚乱地将粥端了过来,却并没直接放在张昔微手上,有几分别扭地说,"那个……你刚醒来,又受了这么重的伤,可能端不太稳,我来喂你吧。"

张昔微没有反驳,只微微点头道了声好。

原本有些手足无措的盛惠惠找着了事做,和张昔微的相处终于也不再尴尬,反倒是徐翰卿,打一开始就把自己当作透明人,不曾露出任何情绪,也不曾开口说过半句话。

张昔微才醒来不久,吃不下太多东西,才喝了半碗粥,便已经饱了。吃饱了的她像是恢复了不少的力气,拉着盛惠惠的手开始絮絮叨叨地说些什么。

她和盛惠惠无非就是聊着从前的事,从她与盛惠惠的第一次相遇聊到她从前的人生,讲白了就是在和盛惠惠解释自己的身份。

张昔微与徐翰卿同是联邦军校的学生不假,只是当初张昔微才和徐翰卿确认关系,徐翰卿便突然消失了,直到毕业都不曾出现。

毕业后的张昔微则接到了她人生中的第一个任务,便是混入一直以来都对公主虎视眈眈的暗黑组织做卧底。正因如此,她才会穿越时空,也到了这个年代,并且无意之中发现了盛惠惠的存在,用自己的力量将盛惠惠保护起来。

对于这个解释,盛惠惠自然选择百分百相信,甚至连带徐翰卿与自己说的那部分话都已经相信了个八九分。徐翰卿则一直选择沉默,不曾开口说话。

时间飞快流逝,一天很快就过去。

傍晚时分,徐翰卿买来晚饭,睡了整整一个白天的潘子安又匆匆跑了过来。

盛惠惠本想着让他多休息一会儿，晚上再换班，却被他胡搅蛮缠地推了出去。

往后的时间都是潘子安和盛惠惠两班倒，轮番照顾张昔微，故而盛惠惠和潘子安见面的机会并不多，偶尔碰到面，潘子安总要嘲讽她一番才安心。

时间不顾一切地向前冲着，张昔微的身体渐渐好起来。

随着张昔微的康复，盛惠惠的愧疚以及心虚感也渐渐地淡了。起先遇到潘子安被嘲讽，她还默不作声，到了后来，再被潘子安嘲讽就起了脾气，两人又恢复到见面就掐的模式。这种时候，徐翰卿就默默地在一旁看着，盛惠惠若掐不赢了，一直保持沉默的他便会插个嘴，替盛惠惠力挽狂澜。张昔微则躺在病床上，微笑地看着一切。

一个月的时间在鸡飞狗跳中度过，月底张昔微完全康复，已经可以出院，四个人一同回到了H市。

盛惠惠和张昔微的关系再度恢复从前，唯一的变化是，不论盛惠惠走到哪儿，徐翰卿都会跟着，潘子安亦是如此，有机会便要黏着张昔微。

一切都像是恢复到从前，盛惠惠依旧挽着张昔微的胳膊有说有笑，偶尔与潘子安斗斗嘴，而徐翰卿则像个游离于三界之外的隐形人，轻易不说话，努力将自己的存在感降到最低。

　　盛惠惠本以为这样的日子可以一直维持下去，怎么也没想到，变故就将发生在两天之后。

　　这天是个万里无云的大晴天，已然被自己上司所"包养"的无业游民盛惠惠一觉醒来，正思考着今天该和张昔微去哪儿玩。

　　她今天如往常一样起得相当晚，等了半天，却都不见徐翰卿来敲门。

　　她索性从床上爬了起来，推开房门，赤着脚走向客厅。

　　换作平常，徐翰卿定然会在这个点穿得一丝不苟地来敲她房门，并且准备好了一桌子的早点等她来享用。

　　今天他非但没准备好早饭喊她起床，甚至连人都不知道跑哪儿去了，她看了眼他折叠成豆腐块状的被子，彻底陷入沉思。

　　已经被徐翰卿照顾成"残废"的她不由得开始思考该点什么外卖来果腹。

　　一天又这么浑浑噩噩地过去，一个午觉睡到黄昏的盛惠惠突然被一通电话给吵醒。

屏幕上显示出一个陌生的号码,尚未完全清醒的她愣了愣,下意识接通后,才发出一个单音节:"喂?"

电话那头的声音却是她再熟悉不过的,徐翰卿的声音,他开口第一句话便是:"你现在在哪里?"

盛惠惠揉了揉眼睛,不明白徐翰卿怎么会用一个陌生的号码打过来,问自己这种问题。此时的她尚未完全清醒,脑子仍处于一片混乱,于是,想也不想便答:"我在家。"

此时的盛惠惠又岂会料到,自己不过是说了这么简单三个字,便引来徐翰卿噼里啪啦一大通话:"那里不安全,你快跑!想办法混进一个绝对安全的地方,譬如公安局之类的,然后,等我来接。此外,谁的话都不要相信!"他语气十分严肃,不似玩笑话。

盛惠惠的瞌睡顿时全被赶跑,连同声音都带了那么一丝颤音:"你说什么?我不明白……"

不待盛惠惠说完,电话那头便传来一阵阵杂音,徐翰卿的声音断断续续,听上去显得十分急促:"来不及解释了,快跑!"

最后落入盛惠惠耳中的"快跑"二字竟带着几分歇斯底里,即便是隔着听筒,她都惊出了一身冷汗。

她的大脑已经停止思考,满脑子都是那句快跑。

十分钟后,盛惠惠人已经走出小区门外,她神色慌张,一路急匆匆往前跑,真做好了跑去最近的公安局待着的准备。

她才走出小区不到一千米的距离,一直丢在口袋里的手机突然又响了。这次依旧是徐翰卿打来的,只不过是她所熟悉的那个设置了备注的号码。

盛惠惠皱着眉头接起了电话。

电话那头徐翰卿的声音依旧悦耳:"我今天有急事出了趟门,一直没机会告诉你,现在事情全都已经解决好了。你吃晚饭了吗?有没有什么想吃的东西,我给你带回去?"

盛惠惠有点儿蒙:"你怎么又回来了?之前不是还让我找个安全的地方躲起来吗?"

话一出口,连盛惠惠自己都发觉了不对劲儿之处,何况徐翰卿。

电话那头徐翰卿的声音立马就变了,忙问道:"你现在在哪里?"

不过几息之间,盛惠惠便已经理清思路,先前那通没有备注的陌生号码定然是别人假扮的,那人不仅能模仿徐翰卿的声音,还十分确切地知道徐翰卿今天出门办事,且对她也有一定的了解。由此完全可以推断出,那人不仅了解徐翰卿,怕是对她的性格也了如指掌,否则,又岂能这般轻易地将她骗出来,就是不知他的目的究竟是什么。

真是越想越觉心悸,有过一次被绑架经历的盛惠惠几乎就要慌了神,还是徐翰卿的声音将她拉回了现实。

"你现在在哪里?"

"我……刚出小区,不到一千米的距离。"

徐翰卿忙道:"你现在赶紧回去!"

徐翰卿猜测,那人之所以把盛惠惠骗出来,大抵是因为他们无法破门而入,故而才会闹了这么一出。

盛惠惠现在哪儿还有胆子一个人回去,脑子里没由来地浮现出无数个床底藏凶、柜中藏凶的恐怖故事,连忙摇头:"不要!我不想一个人回去。"

她边说边往回走,途经保安室的时候突然眼睛一亮:"要不,我躲到保安室等你来接吧?保安室的人都认识我,他们也不可能轻易让陌生人把我带走,你看可以吗?"

最后一个字尚未落下,她便已经踏入保安室,然而,她却在踏入保安室的一瞬间就后悔了。

保安室里的人全是陌生面孔不说,看到她踏进来的瞬间,每个人的眼睛都像是绿了。

盛惠惠终于明白,之前那个打电话的人为什么会让她躲去公安局之类的安全地方,大抵是想借这个来引导她躲去保安室,却不曾想到她这人脑回路和平常人不一样,真打算躲去公安局。

盛惠惠全身汗毛几乎都要在这一瞬立起。

再没听到她声音的徐翰卿在电话那头不停地喊着她的名字。

盛惠惠全身僵直地望着前方三个陌生男子,认命地叹了一声:"我自投罗网,被抓住了,就在保安室,这里有三个陌生男人。"

电话那头的徐翰卿再没发出任何声音,盛惠惠直接掐断电话,将手机收进裤子口袋里,正面迎上那三个男子的目光:"你们是什么人?为什么要骗我出来?"

三个男子相视一笑,盛惠惠却在他们对视的空当,不由分说地掏出一把黑沉沉的手枪。

这把手枪正是徐翰卿当日用来打倒缩水版金刚的玩具枪,虽不足以取人性命,用来吓唬人倒是绰绰有余。

盛惠惠掏出玩具枪的一瞬间,整个保安室里的空气仿佛已经凝固,三个陌生男子的笑硬生生凝在脸上,说不出的狰狞。

一开始还像个孙子的盛惠惠立马翻身做地主,她明明知道自己手中这把枪是假的,还能摆出一副女特工的架势:"从现在开始,我说一句,你们回一句,要是不听话,我的枪可不会认人!"

她并不是真打算审问这三个看上去孔武有力的陌生男人,而是在替徐翰卿赶到这里拖延时间。

"第一个问题,你们是什么人?"

他们的速度再快也快不过枪,不论是谁都不愿意奉献出自己做靶子,给另外两人创造制伏她的空间,所以,他们再不情愿,也不得不听话,乖乖回答她的问题。

三个陌生男人想都没想,便不约而同地回:"我们是'不死鸟'。"

"'不死鸟'?"盛惠惠听得眉头一挑,什么奇奇怪怪的鬼名字?

她垂着眼睫在内心吐槽一番,又接着问:"什么是'不死鸟'?中间那个最黑的来回答,其他人别说话。"

那个被盛惠惠所"钦点"的黑哥只得开口解释:"对于'不死鸟'以外的人来说,我们是全宇宙最大的犯罪集团。"

这个解释十分简约笼统，对盛惠惠这种什么都不懂的人来说，却也够了。

她点了点头，又问："你们抓我的目的究竟是什么？左边那个小白脸来回答。哦，忘了跟你们说，我已经知道，我就是那什么公主了，不用担心，尽情地说吧。"

被称之为小白脸的那位仁兄只能憋着一口气，心不甘情不愿地回："公主是将来能拯救这颗星的种子，而我们的主人只想要毁灭，所以，不需要存在种子这种给人带来希望的存在。"

嗯，这个回复很玄幻也很中二，盛惠惠莫名有种自己在看日本热血动漫的既视感。

她双手前伸，维持着酷炫的举枪姿势，脑袋却在飞快运转，心想：接下来还该问些什么来拖延时间？

盛惠惠咳了一声，清了清喉咙，方才再次开口询问："你们组织一共有多少人来到了这个时代？嗯，不用躲了，就是你，那个唯一没回答过问题的刺猬头。"

被称之为刺猬头的仁兄不禁脸色一黑，紧绷着面部肌肉道："包括上次被你们干翻的人在内，我们一共来了三十个人，但是现在只有二十个能继续执行任务的。"

盛惠惠面无表情地听着，还不忘损那刺猬头一番："我只问你一共有多少人，你说这么多干什么？看来……你很有做墙头草的潜力嘛，要不要考虑一下跟我混？等我回去了，还能给你赏个爵位什么的。"

她越说，那刺猬头的脸色便越黑，到了最后，几乎就像是抹了一层锅底灰。然而她却还在继续作死，眉峰一挑，又接着问："今晚你们一共来了几个人？又是怎么混进保安室的？原本在这里执勤的保安们又去了哪儿？最帅的那个小白脸来回答。"

被称作最帅固然值得高兴，然而紧随其后的"小白脸"三个字又莫名令人觉得不爽。最左边的那个小白脸嘴角抽了抽，只得道："今晚就来了我们三个，保安早被我们敲晕，藏在了绿化带里。"

原本听到他们一共还有二十个战斗力，盛惠惠本有点儿慌，一听到小白脸说今晚只有三人时，她显然松了口气。

她稍稍沉吟一番，又接着问下一个问题：

"既然你们来了三个人，那么，这三个人里面定然有一个是老大吧？乖，告诉我，你们的老大是谁？"

她这次并没有点名要求回答,于是三个人同时保持着沉默。

"嗯……这次我就不点名了,你们抢答吧,谁答得最快,我就给谁福利,保证第一枪避开要害部位。"

盛惠惠都已经这么说了,那三人依旧不为所动。

第六章

难道从前的一切就真是假的?
你没有哪怕是一丁点儿的真心?

GUDUYOU
CUICAN
DENI

01. 她朝潘子安笑笑:"子安,我今天是来和你道别的。"

等了近五分钟都未能等到答案的盛惠惠倒也无一丝不耐烦,她只是为了拖延时间,也不是真准备借此机会来打探敌情,反正他们即便是说了,也不一定就是真的。

大约又过了三分钟,仍是无一人回答。

实在觉得无聊的盛惠惠干脆不跟他们磨了,直接问下一个问题:"好了,好了,不愿意回答就算了,这个问题跳过,你们先回答下一个问题。"

"中间最黑的那个,对!别把眼睛睁那么大,就是你!你告诉我,你怎么这么黑啊?又不是非洲人,大家晒一样的阳光,吃一样的大米,怎么就你最黑?你是想以此来刷存在感吗?"

"……"最黑的那位仁兄沉默半晌，终于忍无可忍，从牙缝里挤出一句话，"我全家都黑，这是基因决定的，我也做不了主。"

"哦——"盛惠惠把尾音拉得老长，半眯着眼，一副欠揍的模样，"好了，这个回答，勉强算满意。"

"第二个问题……嘿，左边那个小白脸，你紧张什么？你以为我会按照顺序来吗？我偏不，我就要先问右边那个刺猬头。"

原本面无表情的刺猬头在盛惠惠目光扫来的一瞬间僵了僵，然后便听盛惠惠道："你每天出门都得打多少发蜡呀？咱这里靠海，台风天对你发型有影响不？"

这种问题实在是无聊到让刺猬头想打人，他脑袋上顶着一头发蜡抹出来的刺，脾气也有几分暴躁，盛惠惠话音才落，他便撸着袖子，想冲上去揍人，还好被中间那个最黑的和左边那个最白的一同给拉住了。

盛惠惠撇撇嘴，一副很是无辜的模样："啧啧，不想回答就不回答嘛，这么暴躁干什么？不知道怒发冲冠这个成语吗？总是这么暴躁，小心换不了发型，只能天天像刺猬一样地竖着。"

她话音还未落下，目光就已经瞟向了最左边那个小白脸。

小白脸没由来地感到一阵紧张，却见盛惠惠笑眯眯地问："小帅哥儿，你这么白，这么嫩，一定很受女孩子欢迎吧？是不是比他们都有经验？是不是有很多倒追你的妹子？"

　　盛惠惠最后两个字都没说完，最左边的小白脸便无辜感受到两道刺骨的寒光，忙不迭摇头，一口气说了三个不是。

　　不知不觉中盛惠惠便已拖延了二十多分钟，而徐翰卿却无任何要赶来的迹象，她表面上看着镇定，心中早就急成了一锅粥，后面的问题也是越问越不着调，问的都是些"你几岁啊""家中有几口人啊"诸如此类调查问卷似的问题。

　　那三个陌生男子要还没有发现盛惠惠的目的，那也是蠢到没得救了。

　　率先捅破这层纸的还是那个刺猬头，他额上青筋暴起，几乎是用吼的："臭婊子！你还要耍我们到几时？"

　　闲得慌的盛惠惠突如其来听到这么一嗓子，小手那么一抖，手里的枪都快抓不稳了。纵然如此，她仍是在强撑，学着电视剧里那些反派挑起嘴角，邪魅一笑："哟，敢跟我叫板是吧？那我就先拿你试枪吧！"

一直以来，盛惠惠都只说不做，不仅仅是刺猬头暴走了，就连那一黑一白都开始怀疑盛惠惠手上是否拿了把假枪，这次他们非但没出手劝阻刺猬头，反倒一同和刺猬头紧逼了上去。

盛忠惠被这阵势给吓得失了魂，色厉内荏地怒斥着："你们想死就给我再往前走一步试试！"

这次，谁都没听盛惠惠的，三人不约而同地向前迈了一步。

盛惠惠知道自己再也唬不住他们，索性把心一横，真朝迈步最大的刺猬头胸口开了一枪。

这虽是一把玩具枪，却也是被徐翰卿特地改造过的，里面装的也不是塑料弹，而是钢弹，一发子弹打出，只听刺猬头发出阵阵撕心裂肺的惨叫。

盛惠惠没有被打过，自然感受不到那种被击中后，宛如被一条不知从哪儿蹿出来的野狗给咬了一口般火辣辣作痛。纵然如此，她仍是被那声嘶吼给吓了一跳。

这里并不是什么人烟罕至的荒郊野岭，对盛惠惠而言，弄出的动静越大，反倒越对她有利。

先前盛惠惠只晓得拖延时间，没想到会正面和三个男人杠上，现在既然他们已经出击，她自然也不能坐以待毙，她握着枪又对另外两人一人崩了一枪，连忙推开门，逃也似的往外跑。

盛惠惠为数不多的理智被这三枪给崩得烟消云散。

她所住的这个小区算得上是 H 市数一数二的高档小区，小区内的安全自然相当有保障。保安室闹出这么大的动静，本就有不少在小区内巡逻的保安往此处赶，这时候盛惠惠若是大脑依旧保持清醒，就应该直接往小区内跑。退一万步来说，她即便不把希望寄托于那些保安身上，也应该往小区内跑，她最大的优势便是比那些人更熟悉里边的环境，随便往哪个绿化带一蹲，都能让那些人找上大半宿。

被钢弹击中的身体纵然疼得厉害，被盛惠惠戏弄了近四十分钟的怒火却是足以盖过火一般在身体上燃烧起来的痛。

一黑一白一刺猬头组成的三人组，一个个龇牙咧嘴面目狰狞地捂着胸口紧跟在盛惠惠身后追。

盛惠惠这矬到没眼看的人生里，唯一能被人夸赞的便是身体素质好，腿虽短，却跑得快，故而逃起命来像阵飓风似的，"嗖"的一声就跑得不见了人影。

盛惠惠固然跑得快，却也敌不过三个牛高马大的大男人，不说速度，光是腿长人家就甩她十条街，人家迈一步，她得抬三次腿，同样都是腿，一对比起来简直气死人。

盛惠惠一路甩着膀子狂奔，跑到后面几乎就要翻白眼了。眼看那三人与自己的距离越拉越近，她心中那个急呀，恨不得立马安上一对翅膀赶紧飞走。

就在盛惠惠距离那三人不足三米远的时候，原本做好准备想要奋起加速的她偏偏又像电视剧里演的那样，踩了块果皮，直接栽倒在地。

怪不得都说艺术源于生活，整个人都像是投身于软科幻题材的盛惠惠还是很服气的，落地的那一瞬间，无限感叹。

紧跟盛惠惠身后的那三人跑得太急，又愣是没想到她会这么狗血地摔了一跤，来不及刹车的他们险些和盛惠惠摔成一串。就在他们纷纷拍着胸脯，心道真危险的时候，前方十米开外的那盏路灯下倏地现出一道鬼魅般的人影。

那人背脊挺直，身形颀长，宛若一棵苍劲的松立在路灯下，不甚明亮的昏黄灯光拉长他的身影，一路蔓延至盛惠惠脚下。

在盛惠惠心中徐翰卿从未这么高大伟岸，看到徐翰卿现身的那一刻,她几乎就要掩面而泣,什么叫作来得刚刚好?什么叫作英雄救美!

就在盛惠惠趴在地上,两眼泪汪汪瞅着徐翰卿之际,愣了好几瞬的黑白刺猬头三人组终于回过神来,却是二话不说就将以狗啃屎姿势趴在地上的盛惠惠给捞了起来……于是,根本就还没感动够的盛惠惠瞬间从天堂坠落到地狱,真是大写的心塞,她莫名其妙又成了人质,而且这次挟持她的绑匪足足有三个。徐翰卿这货一看就没做任何准备,哪里是英雄救美,根本就是送羊入虎口啊!

盛惠惠在心中痛苦万分地咆哮着,刺猬头和小白脸则笑容阴沉地朝徐翰卿逼近,只余最黑的那个勒着盛惠惠脖子站在原地放话:"你现在乖乖站在那里,否则我就扭断她脖子!"

正如盛惠惠所预料,徐翰卿这次果然不曾做任何准备,只得将手举过头顶,任由小白脸和刺猬头处置。小白脸和刺猬头现在自然不会对徐翰卿做什么,不过是从口袋里掏出一根绳子将他手反绑在背而已。

盛惠惠和徐翰卿就这般轻易地双双被擒,一同被黑白刺猬头三人组塞进一辆黑色的轿车后座里。

刺猬头开车,最黑的那个坐副驾驶,小白脸则和盛惠惠、徐翰卿两人一同挤在后座。

也不知盛惠惠究竟是出于一种怎样的心理,明明都被抓了,结果反比之前要更镇定,甚至还能在一片微光中与徐翰卿"眉目传情"。

轿车所要前往的方向不明,三人组现在抓他们的目的也不得而知,盛惠惠不停地在朝徐翰卿使眼色,让他想办法。徐翰卿却一副视若无睹的模样,神色泰然得很,仿佛他这是被人请去喝下午茶,而不是遭人绑架。

夜色静谧,车厢内安静到令人心生压抑之感,为了抓住盛惠惠和徐翰卿,黑白刺猬头三人组也算是煞费苦心。不过二十来分钟,坐在副驾驶的黑哥以及坐在后座的小白脸都有些昏昏欲睡,正眯着眼睛小憩。

上车大约半小时后,一直无视盛惠惠的徐翰卿终于有了反应,盛惠惠却累了,懒得再搭理他。

他这人偏偏又无聊得紧,不停地用肩去撞盛惠惠。

被撞的次数多了,盛惠惠自然意识到有什么地方不对,纵然再不情愿,也只得仰头望向徐翰卿。

徐翰卿的目光在这时也投了过来,与她四目相对的刹那又挪开了，目光下移，在自己身上寸寸游走，最后停在他的口袋上。

他都已发出这样的暗示了，盛惠惠自然能猜到定是他口袋里有什么东西需要她来拿。

大概是觉得盛惠惠看上去太没威胁，黑白刺猬头三人组仅仅是收走了盛惠惠那把玩具枪，并未如徐翰卿这般，用根绳子将她的手绑起来，故而她要去徐翰卿的西装裤里掏东西简直轻而易举。

她尽量控制自己的动作幅度，手才插入西装裤，她便察觉到里边藏了个冰冷的金属质地的物体。

在徐翰卿的眼神示意下，她悄悄地将那物体从口袋中抽了出来，也就是在这时候，她才发觉，这是一柄瑞士军刀。那么徐翰卿的目的也就不言而喻，无非是想要她用刀割断绑住他双手的绳子。

盛惠惠悄无声息地用刀刃摩擦着绳索，不到两分钟便将徐翰卿松了绑。

松绑后的徐翰卿不敢轻举妄动，依旧如之前那般双手交叠在身后，并没表现出任何异常。

又过了二十分钟左右，轿车停在了一个看上去十分偏远的地方，盛惠惠第一反应便是他们要杀人抛尸。

盛惠惠的猜测没错，他们正是准备做此事。

坐在前排的黑哥和刺猬头率先下车，打开了后备厢，准备拿出什么工具。与盛惠惠、徐翰卿一同坐在后排的小白脸则有些迟钝，直到如今都还眯着眼坐在座位上小憩。

盛惠惠莫名其妙地开始紧张起来，就在黑哥和小白脸低头翻找工具之时，一直伺机未动的徐翰卿突然爬到前座驾驶室的位置。他这番行动动静颇大，原本还在假寐的小白脸猛地醒来，却是一睁眼便看到盛惠惠笑眯眯地望着自己，脖子上赫然抵了个冰凉且坚硬的物体，正是那把用来割断绳索的瑞士军刀。

当黑哥和刺猬头发觉不对劲儿时为时已晚，徐翰卿早已发动引擎，打着方向盘掉了个头。

盛惠惠依旧维持着刚才的姿势，眼睛里透露出几许担忧："你有驾照吗？"她记得很清楚，初次见徐翰卿的那天，他便明说了自己没驾照。

徐翰卿倒是一派镇定自若："开车撞人需要驾照？"

盛惠惠简直一脑袋黑人问号。

随着他话音的落下，这辆轿车已经彻底地掉了个头。

黑哥和刺猬头吓得不轻，连连颤声道："你们要干什么？"

徐翰卿懒得开口去解释，径直开车撞去，吓得那两人一路鬼哭狼嚎地往两旁灌木丛里跑。

徐翰卿又将车开出一段距离，方才停下，对盛惠惠说："把他推下去。"

徐翰卿口中的那个"他"是谁不言而喻，盛惠惠闻言，连忙威胁小白脸自己打开车门，然后一个猛推，将他推了出去。

徐翰卿倒是没骗人，他是真没驾照，刚刚的那个掉头也算是有运气的成分在。才把小白脸丢下车，盛惠惠就明显感觉到徐翰卿的车技有多烂，一路歪歪扭扭，不停地撞击着道路两旁的低矮灌木，短短一段路，可谓是坐得心惊胆战，犹如死亡飞车一般。

值得庆幸的是，这时没有人也无车辆，否则就这样还不得出场车祸？

盛惠惠心里憋了不少的话，直到徐翰卿开着车上了大马路上，终于平稳时，她才忧心忡忡地说："你还是别开了吧，我怕没被他们给弄死，反倒因出车祸而挂了。"

徐翰卿也觉得这话说得十分有道理，想着反正这里应该有机会能拦到车,当即便准备弃了这辆被剐得惨不忍睹的轿车。

戏剧性的一幕出现了,两人才准备下车,便有一辆大货车呼啸而来,径直撞在了徐翰卿和盛惠惠所在的那辆轿车上。

事情来得太快,一切只发生在电光石火之间,盛惠惠只觉有个什么东西袭了过来,再然后便是两眼一黑,"时间"就此静止。

轿车车身被撞得扭曲辨不出原貌,远处一束远光灯打来,映亮货车驾驶员的脸,那是个戴着墨镜和鸭舌帽的女人,她的脸过小,而墨镜又较大,故而只露出了一截尖且白皙的下巴,她红润的唇微微勾了勾,便驾驶着货车离去,消失在夜色里。

两个小时后。

一直在咖啡馆里等着张昔微的潘子安在手机上刷到了一条新闻。

新闻是一段视频,大货车呼啸而来,"砰"的一声撞在小轿车上……这段视频堪称惊心动魄,回放完整段监控视频后,记者拿着话筒进行播报。等她说完一段话的时候,车内的伤员恰好被抬了出来,镜头一晃,照在车内两名伤员脸上,潘子安的手顿时一紧,那两名伤员正是徐翰卿和盛惠惠。

这段视频才放完,张昔微便姗姗走来,她今天的画风和往常格外不一样，披散着头发，头上倒扣鸭舌帽，手里还拿着一副墨镜，一副十分有朝气的模样朝潘子安笑了笑："子安，我今天是来和你道别的。"

……

徐翰卿再次醒来，是在 H 市二医院的病房里。

他受伤不重，不过是被突如其来的震荡给震昏了罢了，故而早早就已经醒来了。盛惠惠却躺在他旁边的病床上，一直昏迷不醒。

他稍稍环顾了一下四周环境，便又闭上了眼睛假寐，开始回顾今日所发生之事。

大约是早上七点半的时候，他在这个时代唯一的搭档突然打了一通电话给他，说有要紧的事需要见他一面。结果才见面不久，他与同伴便一同被十来个"不死鸟"的人追杀，他和同伴不停地逃避躲藏。就在他以为已经安全的时候，同伴却突然偷袭他，最后的结果自然是他逃了出来，偏偏又有人选在这时候对盛惠惠下手，并且还借盛惠惠之手再度将他引了出来。

事已至此，他已经弄不清背后的人要对付的究竟是他还是盛惠惠，引他出去是为了对盛惠惠下手，抑或针对的本来就是他？又或者……两者皆有之？

徐翰卿思绪混乱得紧，门外突然传来一阵急促的脚步声，紧接着门便被人用很大的力道从外推开，张昔微略显慌张的声音传来："瀚卿！小惠！"

听到这个声音的徐翰卿眼皮抖了抖，却是仍未睁开。

而后又是潘子安的声音："昔微，你别急，我问了医生，医生说两人伤得都不重，应该很快就会醒。"

张昔微像是终于松了一口气，坐在一旁的椅子上，颇有几分歉意地道："子安，对不起，让你等了这么久，结果连晚饭都没吃就陪我赶到了医院，你饿吗？我下去给你买些吃的吧。"

张昔微说着就要起身，潘子安闻言连忙挥挥手："饿是有点儿饿，不过我自己去买吃的就行。"

"这怎么好意思……"张昔微欲言又止，一副很是为难的模样。

潘子安却已经转身走出门："咱俩谁跟谁，还客气什么！"

门被潘子安给轻轻带上了，坐在椅子上的张昔微突然起身，径直走向徐翰卿所在的方向，她站在床头细细观察了徐翰卿好一会儿，才从包包里掏出一根装满透明液体的玻璃管。玻璃管很细，甚至都没张昔微的小拇指粗，不过轻轻一掰，那根玻璃管便被掰断。然后，她取下了徐翰卿的输液瓶，准备将玻璃管里的透明液体注入输液瓶中。

这一系列动作尚未做完，只余最后一步时，门外突然又传来一阵脚步声，紧接着病房门便被推开："你瞧我这脑子，居然忘了问你要吃什么。"

他话音才落，门就已经彻底被推开，只见张昔微沉着脸站在徐翰卿床前。

02. 他轻声对背上的盛惠惠说："抓稳了，咱们的战斗即将开始！"

实际上，在潘子安推开房门的前一秒，张昔微便已经将输液瓶挂了回去，并且将那根玻璃管握在了手中，此刻的她正站在徐翰卿床头看着输液瓶，此外并无其他奇怪的动作。

张昔微莞尔一笑："我看他输液瓶里没多少药水了，按了好久的按钮都没护士来，算了，我自己出去喊护士吧。"

往常，只要张昔微这么一说，潘子安必然就会屁颠屁颠地抢着出去，这次他却十分异常地没和张昔微抢，只道了声："嗯。"

张昔微不禁露出一丝错愕，潘子安真不愧被盛惠惠称作娘炮，不仅行为"风骚"举止娘，内心也是细腻柔软到不可思议，这不，她才露出这么一丝异常来，他便隐隐察觉到了有什么地方不对，很快就改口："要不，我点个外卖吧，昔微，你想吃什么？"

潘子安既然都已经这么说了，张昔微也没理由继续待在病房里，只能真出去喊护士。

张昔微出了门，潘子安却皱起了眉头。

他的直觉向来很准，近些日子他总觉得张昔微有什么地方不对劲儿，然而，究竟是什么地方不对劲儿他却始终都说不出个所以然来，再结合这段时间接二连三地发生这种大事件……

他幽幽叹了口气，但愿自己只是瞎猜。

张昔微才出门不久，一直装晕的徐翰卿便缓缓睁开了眼睛，目光灼灼地望向潘子安。

犹自陷入沉思的潘子安被徐翰卿这炙热的眼神给吓一跳，才准备张嘴骂人，就听徐翰卿的声音轻轻传来："你是不是也在怀疑她？"

潘子安的眼睛倏地睁大，啜喏半晌，依旧没发出任何声音。

徐翰卿无声地笑了，他明明不曾再说任何话，这笑却宛如魔咒一般深深刺入了潘子安脑子里。

　　然后，张昔微和换药的护士一同走了进来。

　　瞧见徐翰卿"醒来"的时候，张昔微眼中明显掠过一丝不悦，很快她便将那丝不悦遮掩，一脸关切地道："瀚卿，你终于醒了。"说着，又满脸忧心地叹了口气，"可是小惠还不知道得多久才能醒。"

　　徐翰卿不曾接话，潘子安眼神里带着一丝探究，终究还是什么都没说，无声无息地敛去了自己眼睛里的情绪。

　　今天晚上所有人都很沉默，而盛惠惠则一直昏迷不醒。

　　到了晚上十二点的时候，张昔微和潘子安一并回了家。

　　从始至终都无任何表情的徐翰卿这时露出一丝令人心悸的笑意："你到底要做什么呢，张昔微？"

　　徐翰卿一整夜都无任何睡意，一是怕张昔微深夜来袭，不敢掉以轻心；二则是因为之前睡得太久，现在确确实实没有一丝睡意。

　　徐翰卿一直睁着眼望向天花板，这一天过得太混乱，以至于完全打乱了他接下来的计划，他得好好策划一番才是。

　　时间一分一秒流逝，临近凌晨四点的时候，一直陷入昏迷的盛惠惠身体里陡然发出阵阵异样的声音。

夜晚的医院很安静,只偶尔会从远处传来一阵脚步声,于是在这样寂静的夜里,盛惠惠身上那种类似磨牙的声音被扩得无限大,一下又一下,扰得徐翰卿再也没法好好待在床上,索性起身坐在盛惠惠床头边盯着她看。

也不知是此时窗外的光打得恰如其分,还是徐翰卿的心理作用,他莫名觉得这时的盛惠惠看上去有种惊心动魄的美,不同于张昔微的柔弱纤细,此时的盛惠惠仿佛有种摄人心魄的惊艳感。

徐翰卿不知道自己究竟是眼花还是怎么了,然而下一瞬,更令他感到震惊的是,盛惠惠那头乱糟糟的短发竟不知什么时候长长了,烟花一般散在枕头上。

意识到这个问题时,徐翰卿瞳孔骤然一缩。

他连忙掀开盖在盛惠惠身上的被子,果不其然,不仅仅是盛惠惠的长相和头发发生了变化,就连身体都和从前不同了。她整个人起码长高了十厘米,从最初不到一米六的身高长到接近一米七,怪不得徐翰卿刚刚总听到那种类似磨牙的声音,原来不是盛惠惠在磨牙,而是她的骨骼在飞速生长。

也就是说……

思及此，徐翰卿眼睛骤然一亮，盛惠惠觉醒了！

他万万没想到，自己等了这么久，盛惠惠居然会在这种时候觉醒，既然如此，又何须再做什么计划，直接带着她回到一千五百年后便是。

徐翰卿欣喜若狂，兴奋之情溢于言表，于是，盛惠惠一睁开眼就看到徐翰卿那张灿烂到不行的笑脸，她只觉小心肝那么一颤，差点儿就要再次被吓晕。

徐翰卿可不管这么多，盛惠惠一醒，他便问："公主陛下，您可还记起从前的事？"

盛惠惠茫然摇头，想也不想便说："没有。"

甭管盛惠惠是否找回了记忆，总之，她能觉醒便是天大的好事。

丝毫没发觉自身变化的盛惠惠正满脸迷茫地望着徐翰卿，病房外又突然传来一阵急促的脚步声，以及几声粗重的呼吸声。

徐翰卿警觉地撇头望向门外，下一刻病房门便被人从外狠狠地推开。

潘了安气喘吁吁地走了进来，连连颤声说："快！快跑！昔微她……她准备对你们……"

后面的话尚未说完，盛惠惠便觉手背上一凉，徐翰卿竟直接拔出了插在她血管里的针头。她正准备开口吐槽，他便不知从哪儿拿出了一根医用棉签按住针孔，并且强行将她从床上拽了起来。

徐翰卿不需要并且也懒得去思考，潘子安为什么会在这时候跑来通风报信，即便潘子安今天没有过来，他也是马上就要带盛惠惠离开医院的，只能说，潘子安也算来得巧。

盛惠惠才醒来不久，手脚依旧无力，被徐翰卿拽起的那一瞬间，整个人都有些眩晕。

眼看她就要往地上栽，徐翰卿手忙脚乱地连忙将她捞入怀中，说了句"冒犯了"，便将她搂得更紧了。

盛惠惠长这么大还是第一次被人公主抱，登时脸红到脖子根，连忙挣扎摇头："不不……不了，我自己可以走，可以走。"说着就要从徐翰卿怀里挣脱出去。

徐翰卿穿过她腋下的手一紧，再度将她禁锢在自己怀里："别动。"是不容置疑的强硬语气，隔了好一会儿，他似乎又觉得不该对公主用这样的语气说话，稍做停顿后，又补了句，"我们现在是要逃命，而我的职责便是保护您。"

"嗯……"完全弄不清到底发生了什么的盛惠惠现在有点儿蒙，只得呆呆点头。

也就是在这时候,潘子安才发现盛惠惠身上的异常之处,他缓了好一会儿才将目光投至她身上,结果……

"这妹子谁呀?"潘子安压根儿就没认出被徐翰卿抱在怀里的盛惠惠。

徐翰卿没时间解释,只道了句:"多谢,你自己也多加留心。"说完便抱着盛惠惠冲了出去。

只留潘子安一人依旧杵在原地发愣,想了老半天都想不明白,盛惠惠去哪儿了,徐翰卿现在抱着的那个人又究竟是谁。

而盛惠惠本人更是完全摸不着头脑。

直到徐翰卿风一般冲了出去,盛惠惠的智商才终于上线,突然想起要问徐翰卿究竟发生了什么。

徐翰卿只顾带着她跑,分不出心神来回复这种问题,她只得乖乖闭嘴,然而,很快她又发现了另外一个问题,那便是……她头发什么时候变这么长了?难道都出车祸了,假发还没掉?

一想到这个问题,她便连忙伸手去拽自己头发,结果不但拽不掉,还很痛!

嗯……这一定是在做梦吧……盛惠惠不死心地又拽了拽自己的

头发,这次的力度比上次更大,最终所导致的后果是……她都快要疼哭了!

所以……这不是在做梦吗?盛惠惠真的有点儿蒙了,如果不是做梦,她头发怎么突然就长这么长了?莫非是徐翰卿所说的觉醒?

盛惠惠犹自神思恍惚,就在她发呆的时候,徐翰卿拦到了一辆出租车。

徐翰卿报的地址就在他们家附近。

一直纠结着自己头发为什么会长长的盛惠惠终于不再继续纠结,她拽了拽徐翰卿的衣袖,目光灼灼:"那个……我现在是觉醒了吗?为什么头发突然长这么长了啊?"

徐翰卿点了点头,复又摇了摇头:"大概是。"

说到这里,他语气稍稍一顿,又接着道:"至于为什么觉醒后头发会长长,我也不知道。"

这种现象也确实讲不清,盛惠惠叹了口气,又问了句:"这次真是昔微搞的鬼?"

徐翰卿微微颔首:"不仅仅是这次,包括上一次大概也是。"他所说的上一次正是指一个半月以前遭人绑架的那件事。

"可她为什么要这么做?"张昔微的所作所为实在太过反复,

完全叫人看不懂她的意图。"

徐翰卿只得摇摇头："我也不知道，她所做的一切根本猜不出动机和目的，仿佛一切都是凭心情率性而为。"

盛惠惠莫名觉得心中不是滋味，事已至此，她也不知道该如何去为张昔微辩解。

半小时后，出租车停在了盛惠惠和徐翰卿所住的小区附近。

在医院，盛惠惠连鞋都没穿就被徐翰卿强行拽走，现在她总不能一路打赤脚吧？只能由徐翰卿背着走，只是她实在无福消受公主抱，像只青蛙似的趴在徐翰卿背上。

短时间内经历过这么多事的盛惠惠已经完全不抱任何侥幸心理，算是被迫接受了这个所谓的公主身份。

如徐翰卿所言，她一旦觉醒，两人就得一同坐时光机回到一千五百年后，而时光机被藏在他们所住的这个小区附近。

一想到自己将要穿越到一千五百年后的未来世界，盛惠惠就没由来地感到一阵心慌。一路上，她不停地询问着徐翰卿，未来的世界和现在究竟有什么不同。

徐翰卿想了想，只说道："并没有多大的不同之处，只是科技更发达,生活更方便了,仅此而已。"

盛惠惠只觉他说的统统都是废话,还不如不答。

徐翰卿背着盛惠惠,顺着小区外的围墙一路前行,时光机就被藏在两千米外的前方,可是他们还没走到一半的距离,就被人堵住了前方的道路。

竟然是张昔微率人在此处埋伏。

徐翰卿神色骤变,张昔微穿着细细的高跟,双手环胸站在两个年轻男子身前,她微微勾起嘴角,朝徐翰卿笑了笑:"他既然已经开始怀疑我了,所以我就故意放了个消息给他,结果你们就真赶来送死。"

随着她话音的落下,徐翰卿身后又缓缓走来一人,那人并不面生,正是开车送徐翰卿和盛惠惠来到这里的出租车司机,怪不得张昔微一早就埋伏在了这里,原来她早就有所预谋。

徐翰卿遭到两面夹击不说,背上还多了盛惠惠这个负担,可谓是插翅难逃。

盛惠惠早就已经绝望了,只是在死之前,她还有很多没弄明白的问题,譬如,张昔微为什么要绕这么大的弯子,一会儿要杀她,一会儿又要救她的？究竟是闹哪般？

盛惠惠是个彻头彻尾的行动派，典型的想一出是一出。

当她质问张昔微为什么要这么做时，张昔微不禁轻蔑一笑："哪有这么多为什么，你是拯救地球的种子，我是一心只想破坏的黑暗势力，仅此而已。"

盛惠惠摇摇头："我想问的不是这个，只是觉得你这人可真奇怪，做事矛盾，叫人摸不着头脑，一会儿要救我，一会儿又要杀我，这么'精分'，你累不累啊？"

盛惠惠的语气着实算不上多好，这话纯粹是在发泄，张昔微会回答，也完全在她的意料之外。

"我做事很矛盾吗？我不觉得呀。"她的目光从始至终都在盛惠惠身上，"既然你想知道，那我就把一切都告诉你，让你死个明白。"

明明都已经看透张昔微，可听她说这种话的时候，盛惠惠仍是忍不住感到一阵难受。

四年前张昔微以卧底的身份潜入"不死鸟"，并且来到这个时代，却并非如她所说，遇到盛惠惠是个意外。可以说，从一开始她便抱着接近盛惠惠的目的，组织并没有给她下达杀死盛惠惠的指令，她的任务只有接近盛惠惠，并且取得盛惠惠的信任。如果没有徐翰卿的突然闯入，她也不会策划一系列这么复杂的行动。

她原本只想着离间徐翰卿和盛惠惠，彻底瓦解盛惠惠对徐翰卿的信任，再找机会解决掉徐翰卿，结果却因一个小小的失误，也就是那个针孔摄像头而令盛惠惠对她心生怀疑。为了重新获得盛惠惠的信任，她才不得不联系"不死鸟"的成员与她演了一出苦肉戏。值得庆幸的是，这场戏演得十分成功，她轻而易举地再次赢得了盛惠惠的信任，甚至两人的关系还更胜从前。

盛惠惠于她而言不过是一颗随意操纵的棋子，徐翰卿则不然，有着太多的不确定因素，于是，便有了新的一出戏。她原本的目的不过是将徐翰卿骗出来，再买通他的伙伴将其歼灭，实在没想到他这么蟑螂命，又一次逃了出去。为了以绝后患，她不得不拿盛惠惠做诱饵，再一次将徐翰卿钓出来。她本是针对徐翰卿，没准备对盛惠惠动手，却没想到那三个蠢货根本就不听指挥，自作主张地把盛惠惠卷了进去，所以，她开货车撞过去的时候压根儿就没料到盛惠惠也在车内。

上级对她的指令是绝不可以动尚未觉醒的盛惠惠，留着盛惠惠还有别的作用，却并未说明，是否可以动觉醒后的盛惠惠，这也算是个漏洞。

　　正因如此，张昔微才会说了这么多废话而不直接动手。盛惠惠被徐翰卿背在了背上，要是强行进攻，必定会伤到盛惠惠。她对徐翰卿的战斗力并不十分了解，上一次和徐翰卿一起营救盛惠惠，完全看不出他的真正实力，甚至可以说，从头到尾他都没真正动手，隐藏了自己的实力。

　　张昔微心里突然很没谱，后悔没多带几个人过来，可为了以防万一，她早就已经将人力分散，事情还未发生前就该预测好所有的可能性，这也是她一贯的做事风格。

　　盛惠惠仍是不死心，又或者说是习惯性在拖延时间，她质问张昔微道："难道从前的一切就真是假的？你没有哪怕是一丁点儿的真心？"

　　张昔微甚至都没用正眼看她："狼想吃羊时的花言巧语你觉得会是真的还是假的？"

　　盛惠惠大受打击，连头都垂了下去。

　　相较于盛惠惠的失望，徐翰卿倒是要镇定不少，他只淡淡问了句："所以，你究竟是因何而选择背叛呢？我很想知道。"

"背叛？"张昔微像是听到了什么不得了的笑话，"我还以为你有多聪明，居然没猜到，我原本就是'不死鸟'的人。"

这下轮到徐翰卿震惊了，他对张昔微的了解虽不多，却也知道她出身军人世家，她父亲甚至在与"不死鸟"的战争中光荣牺牲，被女王追封为联邦荣誉军人。

他不明白这种背景下长大的张昔微为什么会选择背叛，更不明白，她现在所说的这句话究竟蕴含着怎样的深意，可这一切都不重要了。

他轻声对背上的盛惠惠说："抓稳了，咱们的战斗即将开始！"

孤 独 又 璀 璨 的 你

第七章

"救命之恩无以为报,我要以身相许!"
"嗯,精神病院往那儿走。"

GUDUYOU
CUICAN
DENI

01. 盛惠惠弯了弯嘴角，语气前所未有地温柔："所以说，娘炮什么的最招人嫌了呀。"

徐翰卿话音才落，便猛地转身，朝背后唯一落单的那人所在的方向冲去。

那人，也就是那个假扮出租车司机的男子，他完全没料到徐翰卿会在这时候朝自己冲过来。等他意识到这一问题，并且准备摆出防御姿势的时候，盛惠惠出其不意地吐了他一脸口水，然后大吼一声："杀啊！"

徐翰卿便趁着这空当伸出腿，一脚踢在被那满脸唾沫给恶心到的男子膝盖上。徐翰卿这一脚的力道可不小，男子顿时摔了个狗啃屎，趴在地上半天起不来，怕是站起来都成问题了。

解决完这一个的徐翰卿，头也不回地背着盛惠惠跑了。

张昔微等人跟在他身后紧追不舍。

既然能被选为女王亲卫队队长，徐翰卿的战斗力自然非同一般，若不是背了个没穿鞋的盛惠惠，即便张昔微和那三个男子一起上，他都能勉强一战，而今只后悔带着盛惠惠跑时没给她带双鞋。

木已成舟，再后悔也没用，徐翰卿只能背着盛惠惠一路狂奔，只要跑进小区，他和盛惠惠的安全便有了保障。

聪明如张昔微自然也能猜到徐翰卿究竟打着怎样的主意。

她之所以一而再再而三地想着法子把徐翰卿支开，往偏僻的地方拐，不过是因为她不敢将事情弄大，若是一个不小心被这个时代的警察抓走了，从而被警察查到他们一行人身份不明可就不妙了。正因如此，在医院的时候，她才会采取投毒这种相对平静的方式来谋杀徐翰卿。

徐翰卿一路狂奔，跑得上气不接下气，第一次这么狼狈。

有了上次三个保安被人放倒敲晕的教训后，小区内的防御工作做得更加细致，保安室多派了两个人值班不说，甚至还多安了几个摄像头。

盛惠惠被徐翰卿背着一路狂奔，眼看背后的人离自己越来越近，她心都快提到了嗓子眼儿，只差拿根鞭子边抽徐翰卿边督促他快些跑。

徐翰卿又跑了大约五分钟后，终于能看到小区正门，内有五个保安坐镇的保安室赫然跃入眼帘，盛惠惠连忙挥手："大哥！里面的保安大哥！快看这里，我们遇到了危险！有一个女流氓带着她的马仔想要抢劫！"

盛惠惠的嗓门儿本来就大，再加上现在又是大晚上，越发凸显了她嗓门儿大，这效果简直就像是有人拿着高音喇叭在空荡的房子里喊一样，该听见的人都听见了，不该听见的人也听见了。

保安们推开窗，纷纷探出头来。意图行凶的张昔微只得作罢，领着那两个男子消失在夜色里。

这一整天过得真可谓是惊心动魄，盛惠惠澡都洗完了，还是没回过神来。

很快，她又意识到另外一个问题，张昔微既然知道潘子安会通风报信，那么，他该不会有危险吧！

还好之前留了他的号码。

头一次与潘子安站在同一战线的盛惠惠，立马就打了一通电话过去。

电话那头传来个陌生的女声："喂？"

盛惠惠愣了愣，接着又听那女声问道："你是谁？"

盛惠惠立马反应过来，连忙道："你好，请问这是潘子安的电话吗？我是他朋友。"

"潘子安？"电话那头的声音带着一丝疑惑，旋即一笑，"哦，你是找潘黄河吧？"

"哈？潘黄河？"盛惠惠压根儿就不明白那女的在说什么，然后又听到电话那头传来一阵歇斯底里的咆哮声："姐啊！都说了多少次！别在外人面前喊我这个名字！要叫我子安！潘子安！"

"噗！"原本还忧心忡忡的盛惠惠差点儿就要喷了，也是万万没想到，那风骚的潘子安还有个名字叫潘黄河，多么淳朴接地气啊，她笑得险些岔气。

隔了好一会儿，潘子安的声音才再度传来，他气呼呼地说了句"喂"，用命令的口气说："把刚刚听到的都给忘了啊！忘了啊！"

盛惠惠才不是那种人家说什么，她就会去照做的人呢，她全然忘了自己打这通电话的初衷是什么，一开口就是："原来你是潘长江的亲戚啊！还真看不出哎！"

潘子安没好气地哼哼着："你个死男人婆大半夜打电话来就是为了嘲笑我，啊？"

"咳咳咳……"经潘子安这么一提点，盛惠惠才想起自己究竟要做什么，连忙敛去笑容，恢复正经，语气颇有几分严肃，"刚刚我和徐……徐翰卿被昔微堵了，她知道你怀疑她身份的事，并且是特意放那些话给你听，引我们出来的，所以，你自己小心点。"

盛惠惠等了很久，都没能等来潘子安的回复，电话那头异常沉默，她皱了皱眉头，有些不放心地问了句："喂？死基佬，在听吗？"

"听到了听到了。"潘子安十分不耐烦的语气。

即便知道自己不该在这时候问这种问题，盛惠惠还是没忍住，问了句："你是不是真的很喜欢昔微啊？"

潘子安仍是没回话，盛惠惠又低声道了句："对不起。潘子安，对不起，因为我，你才会和昔微……"

"好了，好了，少啰唆！"潘子安有些不耐烦地打断盛惠惠的话，"反正老子是自愿的，又不是你逼我的，再来一次，少爷我也还是会这么做，总不能看着你一个大活人就这么被弄死吧？你放心吧，她动不了我。好了，以后别再联系了，我还是很讨厌你这种没一点儿女人味的臭男人婆。"

潘子安电话挂得突兀,盛惠惠有点儿蒙,徐翰卿一连喊了三四声才把她的魂拉回来。她垂头若有所思地盯着手机看了足足五秒,方才弯了弯嘴角,语气前所未有地温柔:"所以说,娘炮什么的最招人嫌了呀。"

这个时代的体制和治安很大程度上保护了盛惠惠和徐翰卿,可即便如此,而今他们也只是暂时安全,若不能回到一千五百年后,时刻都有危险。

徐翰卿对张昔微的了解比盛惠惠多,如今他们既然已经和张昔微撕破脸,依照张昔微的性格,定然会在最短的时间内将一切部署好,等着他们再次落网。

冰箱里的食物还算充足,支撑盛惠惠和徐翰卿吃个三四天不成问题。可一旦那些食物被消耗殆尽了,他们就必须走出这里,这也就意味着,他们的安全不再有保障,哪怕是走错一步都有可能落入张昔微布下的暗网。唯一值得庆幸的是,张昔微如今还不知道时光机被藏在什么地方,只能分散人力四处埋伏,并不能集中精力埋伏在时光机附近。

理清思路的徐翰卿当即心生一计。

他从脖子上取下一个盛惠惠从未见过的淡蓝色吊坠放在她手上，颇有几分语重心长地对盛惠惠说："我们得速战速决，越往后拖越对我们不利。所以，咱们的计划就定在今天上午八点半，现在是凌晨四点，距离八点半还有四个半小时，你好好收着这个，先回房休息。"

徐翰卿之所以把时间定在上午八点半，出于三方面的原因：一是他已经做好了速战速决的准备，并且猜测到张昔微定然不会在这么短的时间内就想好对策；二则是在赌，赌张昔微定然想不到他这么快就会有所行动；三则是仗着张昔微不敢太过明目张胆，所以，人越多，反倒越对他和盛惠惠有利。

四个半小时眨眼即逝。

八点半左右是小区附近人最多的时候，绝大部分上班族和出门买菜的大爷大妈都在街道上晃悠，徐翰卿和盛惠惠乔装打扮了一番，混在人群里丝毫不引人注目。

徐翰卿所猜不假，张昔微果然没料到他会选择在这时候展开行动，可这也不代表她就不会派人在小区外彻夜埋伏蹲守。

盛惠惠和徐翰卿才走出小区就被两个男子盯上，早有察觉的徐翰卿拉低了帽檐,一路拉着盛惠惠疾步前行,两个男子一路紧随其后,四人间的距离拉得相当近。

盛惠惠几乎是一路迈开步子小跑才跟上了徐翰卿的步伐,她压低了声音,有些惴惴不安地说:"怎么办?那两个人跟得好近。"

"别急。"徐翰卿的声音一如既往地平静,他双眼眺望远方,目光最终落在一千米外的绿化墙上,那里有个被灌木丛遮蔽大半、只影影绰绰露出一角的电话亭,"看到那个电话亭了吗?我拦住他们,你要用最快的速度跑进去。"

关于时光机,盛惠惠有过很多猜测,却怎么都没猜到,那个仿古电话亭便是时光机。

她其至都无法用自己那贫瘠的想象力去脑补,这么简陋的电话亭如何实现穿越时光这种高难度的运作。

然而现已是迫在眉睫,容不得她多想。徐翰卿的话音才落下,整个人便如豹一般地冲了出去,双手张开,一把拦截住身后那两个男子的去路。

完全没想到徐翰卿这么快就开始行动的盛惠惠僵了僵,她不过是一时间没适应罢了,看到徐翰卿与那两个男子缠斗在一起时,她立马回头,不敢多做停留,只怕多停留一秒就会给自己开路的徐翰卿造成负担。已然下定决心的她，整个人像离弦的箭一般冲了出去，冲向那个平常甚至都不会去多看一眼的仿古电话亭。

盛惠惠体能好，从前就跑得贼快，如今又在原来的基础上长高了起码十厘米，腿比从前长了，速度自然也有所增长，不过片刻，她就已经冲进了电话亭。

这个仿古电话亭并不是镂空的设计，却也设了几扇小小的窗，盛惠惠的视线恰好与那窗户平行，她如今所站的位置正好能透过灌木丛茂密的枝叶看到不远处的徐翰卿。

徐翰卿的身手即便是放在联邦军校也是数一数二的，盛惠惠目光才扫过去，他便已经撂倒那两个男子，朝盛惠惠所在的电话亭跑去。也就是在这时候，盛惠惠悬着的心才终于落了下去，终于能够分出心思来打量仿古电话亭的布置。

讲句实话，她是真看不出这电话亭与时光机有什么关联，总而言之，就是十分普通，普通到根本就不会让人觉得这里有哪怕是一丁点儿的特殊之处。

盛惠惠的注意力全都集中在观察电话亭上，压根儿没察觉到，在她打量电话亭的时候，会突然从右侧的灌木丛里钻出两个男子。

不远处，一辆肌肉感十足的科迈罗飞速驶来，停在二十米开外的花坛旁。

车门被人推开，蹬着细高跟的张昔微率领四个高大的男子走来。

张昔微像是已经完全豁出去了，也不管是否会引起附近居民的注意，边跑边对刚从灌木丛中钻出的两个男子下达命令："把她给我从电话亭里拽出来！"

听到动静的盛惠惠吓得赶紧在电话亭内拉住门。

与她对峙的可是两名壮汉，她纵然使出吃奶的力气也守不住门，眼看门就要被拉开，距离此处还有两米的徐翰卿再一次加速，飞扑而来，直接将那两个男子拽开，再一次与他们缠斗在一起。

盛惠惠急得都快哭了，徐翰卿再能打，也没法独自一人对付源源不断的敌人啊。

徐翰卿好不容易打趴一个，另一个又接着往上扑，分明是拖住徐翰卿，不让徐翰卿进电话亭。

短短一个月的时间内盛惠惠逃跑过无数次，却没有哪一次像这次这般激烈。

仅仅几秒钟的时间，那两个从灌木丛中钻出的男子就已失去战斗力，明明都已经站不起来，偏生还要用自己的身体死死堵住电话亭，不让徐翰卿进去。

盛惠惠心急如焚,只能站在电话亭里干着急,眼看张昔微带着那四个男子只有咫尺之遥,徐翰卿只是悠悠叹了口气。

"公主陛下,请您拿出我交给您的蓝色吊坠,双手交叠,并且将其握在掌心。"

盛惠惠完全慌了神,徐翰卿说什么,她便跟着照做。

大约一分钟左右,一道蓝光从吊坠里溢出,顷刻间笼罩着盛惠惠全身。

徐翰卿的声音再一次在电话亭外响起:"请您回去以后找到那个时空的我,并且以此为信物,去见女王陛下。"

盛惠惠的身体在一片蓝光中消失了,仿佛有无数道被搅成碎片的光影掠过她眼前,她不得不闭上眼。

盛惠惠再度睁开眼睛的时候,身体在不停地坠落,没错,犹如坠落悬崖一般飞快降落,她甚至都没反应过来,发出尖叫的同时,坠落感便又突然消失了。然后,她很是悲催地发现,自己似乎挂在了一棵树上……

盛惠惠莫名觉得悲催,从没见过这样简陋的时光机也就算了,穿越时光后居然还被挂在了树上！

"这是哪门子的穿越时空啊！"沉浸在悲怆中的盛惠惠怒了，忍不住咆哮。可悲的是，咆哮完毕，也没任何改变，她仍是挂在树枝上晃啊晃。

现在不是抱怨的时候，她自认倒霉，扯着嗓子喊救命。

她此时正挂在一棵叫不出名字的阔叶常青树上，树很高，故而她视野极佳。

这棵阔叶常青树长在山坡上，从盛惠惠而今所在的地方望去，皆是高耸入云的高楼。

也不知道徐翰卿现在究竟怎么样了，是否能逃出张昔微的毒手？

盛惠惠莫名有些感慨，难道这就是一千五百年后的地球？并没想象中的那么科幻，空中若无四处移动的飞行器，这里与一千五百年前相比较，也只是楼层比从前高了三四倍，高到几乎就要看不清天空。

盛惠惠犹自感叹着，丝毫没发觉旁边那棵树的树枝上坐了个穿白衬衫的少年，少年手中拿着一本在这个时空来说算得上奢侈品的纸质图书，正满脸嫌弃地望着两眼呆滞的盛惠惠。

他盯着盛惠惠望了老半天，一直盯着前方发呆的盛惠惠终于有所察觉，艰难地转动着脖子，望向这边，赫然发现了这个少年。

在看清那少年脸的一瞬间，盛惠惠眼珠子都快瞪了出来，颤颤巍巍地指向少年，半晌说不出一句完整的话来："你……你……你！"

少年不是别人，正是徐翰卿，不过是年轻了起码五六岁的徐翰卿，身上犹自带着少年稚气。

少年版徐翰卿看到盛惠惠像个傻子似的盯着自己，脸上的嫌弃越发浓厚，却还是张嘴问了句："你是？"

"呃……"盛惠惠很是认真地想了想，这种情况下，该如何回答呢？难道直接说，她是盛惠惠，从一千五百年前穿越过来找他的？

怕是会被当成傻子吧？

盛惠惠赶紧摇头，打消这个念头，挂在树杈上的她默默把伸出去的手缩了回来，单手托腮，思考了很久，才回答："从天上来的，你就把我当作天外飞仙吧。"

"……"少年版徐翰卿无比冷漠地扫了盛惠惠一眼，直接从树杈上跳下去，理都没理她。

盛惠惠欲哭无泪，早知道就不开玩笑了，她挂在树杈上拼命地晃啊晃:"哎,你别走啊!救救我呀!你就忍心看着我这么个花季少女挂在树上晾腊肉吗!"

少年版徐翰卿走路带风,几下就走得不见人影,只余盛惠惠一人可怜兮兮地挂在树杈上乱晃。

02. 从她感到自己可怜兮兮又悲催的那一刻开始,她便不停地叹气,絮絮叨叨地念:"我怎么这么惨?我为什么这么惨……"

盛惠惠只觉自己是世上最苦命的人,好不容易逃出生天,来到传说中的未来世界,结果还要遭受这般待遇……这些其实还不算什么,最令她觉得心理落差大的是,徐翰卿如今对她的态度,明明前一刻还在抵死保护她,才隔多久呀,就这么一副熊样?

孤身一人来到陌生之地的不适感在她心中被无限放大,她胸腔里像是被灌满了充满气泡的酸涩液体,低落的情绪不断在其中酝酿发酵,叫嚣着要冲出去。

依旧停留在那个时代的徐翰卿会安然无恙地逃出去吗?

胡思乱想间,盛惠惠的眼泪竟悄无声息地流了下来,此时的她不仅是无助,还莫名觉得委屈,只想号啕大哭一场。

去你大爷的熊孩子！活该五六年后的你得像个孙子似的讨好老娘！

没错，盛惠惠这是在迁怒于人，连同依旧停留在那个时代的徐翰卿也被她刨出来一同"鞭尸"。

盛惠惠对穿越时间什么的完全没有概念，同一个人不可能同时存在于不同的时空。所以，如果她是由徐翰卿带回的，那么他们就将回到徐翰卿穿越后的那个时间点；如果只剩她一人穿越，时间自然就是不确定的，不过落差再大也不会超过十年，故而现在的盛惠惠是直接穿回了徐翰卿的大学时代。

盛惠惠犹自骂骂咧咧地在树杈上乱晃，本该消失不见的徐翰卿竟去而复返，他不仅面无表情地折回，手中还多了个一看就很危险的不知名武器。

盛惠惠被吓一跳，目光死死黏在他手中的武器上，一脸紧张："你……你要干什么？"该不会调戏了下他就要被灭口吧！

盛惠惠瑟瑟发抖，徐翰卿仰头瞥她一眼，目光波澜不惊："救你。"

话音才落，他手中那个奇奇怪怪的武器周身就染上了一层淡淡的红芒，只见徐翰卿握着那武器轻轻一挥，挂住盛惠惠的那根足有大腿粗细的树杈便应声而断。

只听"咔"一声响,盛惠惠又开始急速下落,要命的是,那熊孩子还站在那儿耍帅,压根儿就没有要出手接住她的意思。

盛惠惠很慌,心想着,真是出师未捷腿先断啊!

结果她早就做好断腿准备了,却无预料中的疼痛袭来,反倒感觉后领像是又被什么东西给挂住了。

嗯……盛惠惠再度艰难地扭了扭脖子,视线稍稍上移,立马就瞧见一只骨节分明的手,所以……她这是被熊孩子给单手拽住了吗?

盛惠惠一脑袋黑人问号,熊孩子徐翰卿已经稍稍露出一丝不耐烦:"请问你还要一脸呆滞地看多久?"

呆萌这种设定实在与盛惠惠的人设不符,她赶紧收回目光,装模作样地说了句:"你倒是把我放下来啊。"

他把她放下来了,她又像个痴汉似的死盯着人看。

这时候的徐翰卿虽然熊了点儿,可不得不说,是真嫩啊,能掐出水的那种。盛惠惠看得心痒痒,差点儿没把持住伸手去掐一把,还好她自控力不差,及时悬崖勒马,否则还不知接下来会如何发展。

盛惠惠呈痴女状盯着徐翰卿望了足足一分钟后,徐翰卿终于忍不住了,冷着嗓音说:"看够了吗?"

盛惠惠下意识点头:"嗯嗯嗯!"

"行,那我走了。"

"哎,等等啊!"盛惠惠连忙追了上去。

走出几步的徐翰卿一回头,脸上依旧没有多余的表情:"还有事吗?"

"那个……"盛惠惠搓了搓手,"那个……那个,那个,谢谢你救了我!"

徐翰卿"嗯"了一声,又准备走。

盛惠惠这下是真急了,连忙上前一步,拉住他的衣服:"你是徐翰卿对吗?"

徐翰卿听罢仍无任何反应,只是挑了挑眉,并且不着痕迹地将自己的衣角从盛惠惠拳头里抽了出来,然后,他又听盛惠惠说:"你真的不认得我了?对我没有一丁点儿印象?"

徐翰卿实在懒得回答这种问题,这次连个简单的单音节都未发出,便又将头转了回去。

盛惠惠心中所有的希望都已幻灭,只能把心一横,眯着眼往前一扑,死死抱住徐翰卿的大腿,宣誓似的吼着:"救命之恩无以为报,我要以身相许!"

徐翰卿的身体明显颤了颤,他嘴角抽搐,伸出右手,遥遥指向某个方向："精神病院往那儿走。"然后一脸冷漠地将自己的腿从盛惠惠胳膊中抽出，大步往前走。

盛惠惠是谁呀，岂能这么容易被打发？

她连忙屁颠屁颠跟了上去，不论徐翰卿走多快或者多慢，她始终都与他保持两米的距离。

直到走下山坡，盛惠惠方才发觉，一千五百年后的地球究竟与一千五百年前有什么不同。

首先是几乎没有车辆在地面行驶，因为这里根本就没有可落脚的地面，放眼望去，只有各种曲折蜿蜒的桥梁和大片大片密得透不过风的红树林，再往下则是清可见底的蔚蓝海水以及小部分裸露海面的柔软泥土。

那些高耸入云的百层大厦皆建立在海面上，宽阔些的水面偶尔会飞蹿过几辆造型酷炫的摩托艇，激起一片水花。造型奇特的私家车，又或者说是水陆空三栖极具未来科幻感轿车，遍布海面与天空，公交车这种交通工具早已不见踪迹，取而代之的是一种类似轻轨，却又在空中行驶的列车。这种列车十分有意思，轨道并不在车底，而是悬在车顶，猛地看过去，这些列车就好似被悬挂在空中的玩具。

盛惠惠看得叹为观止，也算是明白了，怪不得徐翰卿当初会这么执着于坐公交车，因为这个时代完全就没有，还真是消失在历史河流里的老古董。

盛惠惠半张着嘴一路尾随徐翰卿，地面的东西看完了，她又仰头望向天空，因为这里的建筑楼层普遍都在百层以上。

由于这里的楼层高度都在百层以上，故而楼房的构造与一千五百年前大有不同，至于究竟不同在哪里，盛惠惠并不是专业人士，也说不出个所以然来。从她的角度看过去，只觉得每栋楼都比她所熟悉的那种要宽很多。这里的建筑都是由无数栋楼并排连在一起的，大抵是为了让这些建筑更为稳固，使顶层并无晃动感才做出这样的设计。

至于这里为什么会变成水上世界，即便是盛惠惠那贫瘠的知识量，也能很好地做出解释，无非是全球变暖加剧而导致两极冰川融化，从而抬高了海平面。就如她很小的时候看过的那部科幻片一样，未来世界里已无陆地，一群人乘着船在看不到尽头的海面上寻找最后一片陆地……时隔太久，盛惠惠已然记不清那部电影究竟讲了什么东西，而今的她只觉神奇，原来一千五百年后的地球真会变成水上世界。

就在盛惠惠发呆的空当,徐翰卿突然停了下来,立在一扇门前不知在做什么。

盛惠惠觉得好奇,下意识地把头凑过去,却看见那扇玻璃似的透明门上浮现出两道红色光束,射入徐翰卿眼睛里。

盛惠惠不禁托着腮帮子想,莫非是在扫虹膜,需要经过身份验证才能进去?

这下她倒是真猜对了,那两束红光对着徐翰卿扫了近两秒的时间,那扇看起来十分脆弱的玻璃门便自动开了。

眼看徐翰卿就要踏进去,生怕自己会被拦在门外的盛惠惠一个箭步冲了过去,居然抢在徐翰卿之前进了玻璃门。

对此,徐翰卿依旧没多大的反应,甚至看都没看她一眼,便这么自顾自地走向电梯所在的位置。

盛惠惠讪讪地摸了摸鼻子,兀自锲而不舍地跟在徐翰卿身后进了电梯。

这个电梯倒是与一千五百年前的并无不同,无非就是看起来十分大,差不多能装下三十来个人的样子,且全透明。

透明的电梯在盛惠惠那个时代也有不少，所以在她看来，并无神奇之处。

悲催的是，她才这么想，下一刻立马就被打脸了，只因这个"电梯"根本不是她预想中的那样上下移动，而是想怎么移就怎么移。

盛惠惠突然觉得很慌，未来世界的东西，果然不一般哪……

随着"电梯"的各种不规则移动，盛惠惠也算是将这栋楼的布局尽收眼底。

这栋楼的内部与外部的钢筋水泥不同，内部全由透明的玻璃来隔离，由于这里并无地面，只有浅浅的沙滩以及淤泥遍布爬满螃蟹的红树林，所以这栋楼的内部有不少的娱乐场所：十楼是泳池，十二楼是球场，十三楼就可能是图书馆了，十四楼是菜市场……人们可以足不出户，不走出这栋大楼就满足一切生活所需，可不知为什么，看到这些，盛惠惠只觉悲哀。

她所在的时代或许科技没这么发达，却能够尽情享受大自然所馈赠的一切，而不是如而今一般，将自己的一生都锁在这样一个钢筋水泥所铸造的避难所里。

大概十分钟以后，电梯终于停在了徐翰卿所住的97楼，这次盛惠惠依旧屁颠屁颠跟在徐翰卿身后走，最终的结果却是直接被徐翰卿给关在了门外。

从遭到徐翰卿白眼的那一刻开始，盛惠惠就做好了死缠滥打的准备，所以，即使遭遇闭门羹，她也毫不气馁，像一朵蘑菇似的蹲在了人家门外。

时间一分一秒地过去，盛惠惠已在徐翰卿门外蹲了一个多小时。她于上午九点半左右到的这个世界，在树上整整挂了一个小时才被徐翰卿放下来，然后又一路尾随徐翰卿，又在门外蹲了整整一个半小时。也就是说，她已经耗掉了一上午的时间，并且在这一个上午的时间里，她既没喝一滴水，也没进一粒米，可谓是又渴又饿，偏偏这种情况下，她却只能惨兮兮地蹲在别人门口死守。

盛惠惠的肚子已不知是第几次响起，咕噜咕噜，在空旷的走道里不停地回响。可以想象，此时她的胃必然就像个不停冒着泡泡的沼泽一样。

盛惠惠由最初的蹲姿变成了双手抱膝坐在地上，就是偶像剧中女主遭遇挫折和伤心事必备的那种姿势。

也不知究竟是这样的姿势太过容易令人感到凄凉和孤单，还是真有毒，才抱了不到一会儿，盛惠惠便莫名地打心底生出一股悲凉来，觉得自己好惨好惨，比偶像剧里命途多舛总被恶毒女配残害的小白花女主还惨。

盛惠惠这人就是这样，不论是不开心，还是遭遇了什么事，只要旁边没人就喜欢絮絮叨叨不停地念，一直念啊念啊念，直到她完全将这事给想通了，才会释怀。

所以，从她感到自己可怜兮兮又悲催的那一刻开始，她便不停地叹气，絮絮叨叨地念着："我怎么这么惨？我为什么这么惨？我为什么这么惨……"

盛惠惠足足念了一刻钟的时间，本来就滴水未进的她越发觉得口干舌燥，连碎碎念这种程度的事都做不来了，只能一个劲儿地叹气。

也不知她究竟叹了多久的气，原本紧闭着的门突然被人从里面打开了。

听到动静的盛惠惠立马歪着头朝后望去，只见徐翰卿面无表情地端着个碗立在门口，居高临下地望着她。

盛惠惠的心没由来地狂跳——这是要给她吃的吗？

徐翰卿弯下身："吃吧，我只会做这个，勉强能吃。"

锦上添花终究是比不过雪中送炭，从前徐翰卿给盛惠惠做过无数顿饭，却从未有哪一顿如这碗面般令盛惠惠感到心都在颤动。

她目光深深地盯着徐翰卿望了许久，大为感动地说了声"谢谢"才接过徐翰卿手中的碗。

她本还有不少话想对徐翰卿说，还没张嘴，门又"砰"的一声被关上了。

原本还陷在感动中的盛惠惠瞬间回到现实，嘴角抽了抽，默默低头吃面。

盛惠惠也不知徐翰卿在接下来的几年里究竟经历了什么，到底是如何从一个煮面黑如炭的暗黑系料理者进化成食神级别的大厨。

早就被徐翰卿将嘴养刁了的盛惠惠可谓是吃得泪流满面，这玩意儿真不是一般的难吃啊！

徐翰卿再一次出门已是下午五点半。

一直在门外等待的盛惠惠早已蜷缩成一团睡着了，她真是累极了，明明在熟睡，眉头却紧紧皱起，好似睡得极不安稳。

看到她的一瞬间，徐翰卿眼中依旧波澜不惊，他原本只是头也不回地继续前进，却在走出第三步的时候赫然听到身后传来一阵微弱的动静，原来是盛惠惠从地上爬起来了，猛地往前一冲。

由于她长时间保持单一的姿势，两条腿都已经麻得动弹不得，以至于刚起身整个人都往前栽。

盛惠惠这一下栽得那叫一个准确无误，直接就趴人背上了，不知道的还以为她故意整了这出。

当她意识到自己做了件多蠢的事以后，整个人都不好了，全身僵硬地趴在徐翰卿背上，气都不敢大喘，然而心脏却在胸腔里擂鼓似的"咚咚"响个不停，下一刻就会冲出来一般。

时间一分一秒地过去，既然徐翰卿不说话，她也索性一直趴在他背上装死。

然后，她冷不丁听到了徐翰卿的声音："你怎么还在这里？"

盛惠惠又一次陷入了沉思，她该如何回答呢？

沉默半晌，盛惠惠最终决定效仿徐翰卿当初非要拐她合租用的那一招，她连忙从他背上爬起，然后又火速蹿到他身前，仰起头来，呈现出最显脸瘦的四十五度，泪眼蒙眬道："因为……我无处可去了。"

"这好办。"一直冷冰冰的徐翰卿扯了扯嘴角，"直接坐电梯去顶层，那里是管辖这栋楼治安的公安局。"

盛惠惠生怕徐翰卿真把自己送去公安局，连忙摇头："不不不，我不要去公安局，你就当捡了只宠物，收留我吧！我什么都能做！吃得不多，也不占地方！"

徐翰卿盯着盛惠惠的眼睛沉思许久，在脑中将盛惠惠的话回味一遍，嘴角微扬，带着几分玩味："什么都能做？"

呃……

不知道怎的，盛惠惠总觉得他这话说得相当不怀好意，于是脸上浮现出一丝警惕："那个……其实我还是很讲原则的一个人，也不是所有的事都能做，小部分超出我能力范围的事就不会做。"

她这话说得颠三倒四，徐翰卿实在没耐心听完，话只听了一半便迈着大长腿走了，两腿尚未完全恢复知觉的盛惠惠只能用一种奇怪的姿势跟在他身后。

自那以后，盛惠惠就彻底缠上了徐翰卿，不论他去哪儿，都像条尾巴似的跟在他身后。

此时的徐翰卿是联邦军校大三的学生，盛惠惠来得正是时候，恰好联邦军校在放假，否则他也没那么多时间给她缠着。

总之，盛惠惠就这么锲而不舍地缠了徐翰卿整整一个暑假，直到暑假最后一天，方才有了变化。

孤 独 又 璀 璨 的 你

第八章

"那你要做好给买买买的准备咯。"
"遵命,我的公主殿下。"

GUDUYOU
CUICAN
DENI

01.她笑容真挚，神色温柔，又一次望向盛惠惠："我叫张昔微，是瀚卿的学妹。"

这是徐翰卿今年暑假的最后一天，他本想骑着摩托艇在红树林沙滩上度过这最后的一天，却在起床后十分钟收到了张昔微发来的消息。

如今这个时代依旧有手机，只不过手机早已升级到盛惠惠想象不到的程度。

首先它有很多种造型供人选择，有的就像一枚金属戒指，有的就像一个手镯，有的就像一块腕表，总之都有着极强的装饰作用。

徐翰卿的手机则是腕表款，既可当普通腕表来使用，又是通信用的手机，有人打电话或者发来消息时，表盘上则有一圈光华闪动。

徐翰卿接通电话,对方申请了与他视频,他还没来得及拒绝,手机便已自动帮他连接了。他们这个年代的视频通话自然与一千五百年前有着天壤之别,完全不需要通过摄像头和屏幕来实现,两个人的影像直接被投射到了对方身边,且还是与真人无一丝差异的同等比例大小。

与徐翰卿一样,如今的张昔微也还只是一名大学生,相比较盛惠惠所熟悉的那个她,如今的她更显清纯与稚嫩,依旧漂亮,给人的感觉却截然不同。

徐翰卿的异性缘向来就不错,其中张昔微算是他追求者中最为主动的一个。

看到张昔微的影像,徐翰卿忍不住皱了皱眉头,还未说话,就见张昔微一脸沮丧地微嘟着嘴:"瀚卿,你看起来好不开心,难道不想见到我吗?"

徐翰卿只能摇头:"并没有。"

"真的啊?"前一刻还垂头丧气的张昔微瞬间就笑弯了眼,"那你现在一定很乐意见到我吧?"

徐翰卿这次没接话,不到片刻,张昔微又接上了自己的话:"我现在呢……已经到了你住的这栋楼的超市啦,你一定还没吃早饭吧?有想吃的东西吗?我给你带过去呀。"

徐翰卿心中默念一句"失策",嘴唇动了动,最终只道出两个字:"随便。"

"这样啊,那我就真随便买了呢。"

"嗯……"

"好啦,你一定要在家里等我哦,我大概二十分钟就会到。"

……

徐翰卿又和张昔微尬聊了几句,才挂断电话。

徐翰卿只得放下提在手中的工具,将计划往后推。

这时候,像乞丐一样躺在门外睡了一夜的盛惠惠醒了,开始实行她的每日一请安。

徐翰卿才将所有的东西归位,就听门外传来盛惠惠的声音:"早上好呀,你起床了吗?"

盛惠惠已经锲而不舍地将这一传统保持了整整一周,平常听到,他一般都懒得搭理,今天倒是十分反常地将门打开了,望着蹲守在门外的她,说:"你进来。"

他的声音实在不算小,盛惠惠听到这句话的一瞬间仍是觉得有些不真实,愣了好一会儿她才指着自己的鼻子,呆萌地说:"我?"

徐翰卿微微颔首:"嗯。"

什么叫作守得云开见天明!什么叫作坚持就是胜利!

盛惠惠笑得牙龈都快翻出来了,只差仰天狂啸三声"哈哈哈"。

然而,她还没嘚瑟够呢,原本与他拉近距离的徐翰卿立马就捂住鼻子往后挪了一步,皱眉道:"你去洗个澡。"

"哈?"盛惠惠还以为自己出现了幻听,"你说什么?"

徐翰卿只得又将话重述一遍,只不过这次神色如常,不曾流露出一丝嫌弃。

于是盛惠惠便这么误会了。

她神色颇有几分紧张地捂着胸:"我为什么要洗澡?你安的什么心啊?"

盛惠惠成功地让徐翰卿再度切换回了嫌弃模式,直言道:"不过是看不惯一个女孩子这么脏还天天蹲我门口罢了。"

说起来,盛惠惠倒也是真不容易,每天蹲在这里,却根本就没机会和徐翰卿搭上话,吃的都是靠徐翰卿施舍,洗漱什么的……只能去机器人洗拖把的水池。好端端一姑娘,活出了叫花子的模样,偏偏徐翰卿这货每天从门口经过都目不斜视,完全当她透明,偶尔大发慈悲了,就丢给她一些吃的和毯子。她都生出了强闯民宅去与徐翰卿解释的念头了,可一想起徐翰卿那身手她又怂了。

而今的她只后悔自己没在见面的第一时间就摊牌,到了后面她完全就找不到和徐翰卿说话的机会。

而今徐翰卿既然给了她这个机会,别说让她去洗澡,即便是让她学狗叫,她都能毫不犹豫地汪汪叫上一个多小时。

理清思路的盛惠惠连忙堆出一脸笑,点头如捣蒜似的:"好好好,我去我去。"说完,她又突然停顿住了,"不过……我没带衣服过来呀,洗完不还得穿脏的?"

"这简单。"徐翰卿已然侧身将门关上了,"先穿我的,有时间再去买。"

盛惠惠在男女方面的事天生少根筋,也没想过女生穿男生衣服是件多暧昧的事,拎着徐翰卿给的T恤屁颠屁颠地往浴室跑。

盛惠惠来到这个时代已经整整八天,八天内她几乎都是在徐翰卿门外度过的,根本就没机会照镜子,加上她当初一觉醒就忙着逃命,所以,她除了知道自己已经觉醒外,压根儿就不知道自己究竟变成了什么模样。故而,当她在浴室里照镜子时,整个人都惊呆了。

镜子里的她明明还是那张脸,五官、脸形和轮廓却精致了无数倍,通通升级成了顶级配置,其中最最加分的还是那头浓密微卷曲的黑发,即便她都这么多天没洗头了,依旧能看出发质好到天怒人怨。

如果盛惠惠还是顶着从前那张需要好好打扮才能勉强打八分的脸,被人这样拒之门外她倒是能理解,可如今的她明明就顶着一张超级大美人的脸,徐翰卿那货还真狠心把这样一个大美人拒之门外,她都要开始怀疑他的性取向了!

大概是头发长长太多所致,从前五分钟就能洗完头和澡的盛惠惠洗了将近半小时,当她擦干身休吹干头发,穿着徐翰卿的T恤神清气爽地从浴室走出时,张昔微恰好赶到。

她手中还拎着刚从超市买来的菜,一脸震惊地望着盛惠惠,隔了半晌,才将目光落至徐翰卿身上:"这位是?"

徐翰卿并没接话,接过张昔微手中的东西,请她落座。

张昔微并未按照徐翰卿所说去做,目光始终黏在盛惠惠身上,盛惠惠现在所穿的T恤是徐翰卿最喜欢的那件,穿它的时间自然比其他的衣服都要多,所以,张昔微一眼便认出了这T恤一定是徐翰卿的。

　　张昔微打量盛惠惠的时候，盛惠惠亦同样在打量张昔微。如今的张昔微还只是刚走出高中校园进入大学的大一新生，自然没有盛惠惠所熟悉的那样那么会打扮，但这也并不意味着她的美貌会因此而打折扣。这样的她虽少了几分精致，身上却莫名有种用言语形容不出的感觉，该怎么说呢？就是不用修饰，自然而然所呈现出的那种美。

　　论硬件，如今什么都是顶级配置的盛惠惠自然要甩开张昔微老远，只是盛惠惠缺少了那种大美人所该具备的气质。

　　那些所谓的大美人其实也并非个个都是五官精致挑不出一丝瑕疵的，却一定都有着从骨子里透出的自信与傲气，这种从懂事以来就养成的气质，根本就是后天美人所不能比拟的。

　　很不凑巧，盛惠惠便是那种后天美人，即便她五官精致绝伦，却也没将张昔微给比下去。

　　如今，盛惠惠对张昔微的感情很复杂，她们四年的情谊不曾掺假，以至于她再度见到张昔微，都不知该如何去面对。

盛惠惠竭力说服自己，用平常心去面对现在的张昔微。

所谓"情敌"见面分外眼红，张昔微和盛惠惠两人就这么直愣愣地站着，也不知对视了多久。

徐翰卿这人倒是疮，就这么任由她俩对视下去。

过了好一会儿，张昔微才又笑着问了声："瀚卿，这位是谁呀？"明明是和徐翰卿说话，眼睛却不曾从盛惠惠身上挪开。

盛惠惠也有点儿蒙，明明知道人家是在问徐翰卿，她却莫名其妙开始紧张起来，不知道徐翰卿会如何来介绍她，以及完全搞不懂，现在的张昔微究竟和徐翰卿发展到了何种地步，照现在这种状态看来，他俩应该还没在一起吧？还有徐翰卿今天为什么会这么异常呢？难道是因为张昔微来了，所以……他这是不喜欢张昔微，在拿自己当盾牌吗？

是了，反应慢了N拍的盛惠惠终于后知后觉地发现自己和徐翰卿是在玩暧昧。

意识到这一点的盛惠惠连忙撇头望向徐翰卿，却见他正似笑非笑地望着自己。

别看盛惠惠这人平时跟个男人婆似的，实际上她还真是个容易害羞的姑娘，视线才与徐翰卿撞上，顿时就脸红了，惊得她连忙撇开脸。

结果徐翰卿那货又不知哪根筋搭错了，突然就走了过来，将手搭在她的肩上。

那一瞬间盛惠惠只觉心头狂跳，更加不敢去看徐翰卿的脸，那货偏偏又将脸凑了过来，她下意识想再躲远点儿，谁知徐翰卿又凑近她耳朵，轻声说了三个字："配合我。"

"哈？"盛惠惠还以为自己听错了，猛地一回头，恰好撞入徐翰卿那双寒潭般幽深的眼眸里。

这次盛惠惠终于机智了一回，从徐翰卿递来的眼色里察觉到了他的意图，连忙笑盈盈地挽住徐翰卿的胳膊，望向张昔微："你好，我叫小惠。"

徐翰卿和盛惠惠方才的举动本来就已经让张昔微感到不悦，而今再看到两人这么亲密，张昔微脸上的笑容明显一僵，望向盛惠惠的眼神带着那么一丝微妙的探究。旋即，她又捂着嘴一声轻笑："瀚卿，你看你交了这么漂亮的女朋友怎么都不跟我说一声，第一次见面都没带礼物，多尴尬呀。"

她笑容真挚，神色温柔，又一次望向盛惠惠："我叫张昔微，是瀚卿的学妹。"

最初看到张昔微的时候，盛惠惠还在纠结现在的张昔微到底有没有和徐翰卿在一起，而今有了这句话，她倒是不必再纠结了。她微微点了点头，并未多说话。

然后，听到张昔微说："你们都还没吃早饭吧？我在超市里买了面包和牛奶，大家一起来吃吧。"

于是，全程都觉得尴尬的盛惠惠默默啃起了面包，而徐翰卿则进了厨房，不知道在捣鼓些什么。

盛惠惠在客厅啃面包的时候，张昔微一直望着她，时不时微微笑着和她说上几句话。

换作从前，盛惠惠必然轻轻松松就会被张昔微攻下，如今的盛惠惠对张昔微已经有所防备，不论她说什么，盛惠惠都会下意识地在脑海里剖析一遍，由此判断她是否话中有话，别有深意。

这次盛惠惠倒是真用对了脑子，张昔微的确每句话都在试探，不着痕迹地打探着各种消息。

盛惠惠脑子没张昔微好使，心眼儿也没她多，整个过程应付得十分吃力。所幸，在她就要支撑不住的时候，徐翰卿端着一碗面从厨房里走了出来。

盛惠惠嘴角抽了抽,不禁回想起那些漆黑酱油面,她勉强扯了扯嘴角,由衷感叹:"你真的很喜欢吃面啊。"

张昔微却在这时别有深意地说了句:"你不用自己专门去煮面的,我没有吃早餐的习惯,这里的两份早餐正好够你们吃。"

听上去似乎挺体贴的,盛惠惠莫名觉得这话容易让人联想很多,她听了就觉得怪不是滋味的,原本这里的两份早餐是张昔微买给自己和徐翰卿的,结果她却凑了一腿,故而导致徐翰卿没有早饭吃。

盛惠惠听完这话啃面包啃得越发卖力了,所以,张昔微这是在怪她不该出现,抢了徐翰卿的早餐咯。

于是塞了满满一嘴面包的盛惠惠笑眯眯地反击:"那你可真棒呢!肯定是猜到了我在这里,所以才特意买两份早餐的吧?毕竟你是个不吃早餐的人。"

张昔微也没想到盛惠惠这么直接且不留情面,生生被呛了一下。

盛惠惠又体贴地轻轻拍打着她的背,学着她的语气:"哎呀,你怎么这么不小心啊,慢慢吃哈。"

看了好一会儿戏的徐翰卿终于有了要开口说话的意思,开门见山地说:"你今天来找我有什么事?"

"那个……我本来是想让你陪我逛街。"说着，张昔微又飞快地望了盛惠惠一眼，"但是你今天好像不是很方便哎，所以就算了吧。"

盛惠惠简直都要翻白眼了，自己怎么才发现张昔微这么"绿茶"呀，明明都已经知道人家有女朋友了，还应该说这种话吗？让别人的男朋友陪自己逛街这种行为真的好吗？虽然她这女朋友根本就是假冒的，可这么做依旧让人生气！

盛惠惠也是不明白徐翰卿这货究竟是什么意思，他非但没赶张昔微走，反倒说："这样正好，我也准备带她去逛街。"

这个"她"自然是指盛惠惠咯。

盛惠惠实在弄不明白徐翰卿葫芦里究竟卖的什么药，要装情侣什么的不事先和她串通一下也就算了，偏偏还要把事情弄得越来越复杂。

她莫名有种自己误上贼船的感觉。

这栋楼的购物广场在第五十层，全程徐翰卿都与盛惠惠十指相扣，张昔微俨然一个锃光瓦亮的电灯泡。

这种情况下，但凡是个正常的姑娘，怕是都会找个借口离开，可张昔微她偏偏不，非但没有一丝尴尬，反倒一派从容淡定地与盛惠惠并肩而行，时不时笑着与盛惠惠聊上一两句，不知道的还以为她和盛惠惠是相识多年的闺密。

盛惠惠莫名觉得别扭。

直到三人抵达购物广场，一直紧绷着的盛惠惠才终于有所放松。

不会打扮的她根本就不会好好选衣服，好在今天全程都是徐翰卿帮她挑，否则就她那品位，还不得让张昔微嘲笑死？

盛惠惠倒也是天真，以为开始逛街了，张昔微就会有所消停，结果她才拿起徐翰卿挑选的衣服进更衣室，张昔微马上便拿了件一模一样的走进盛惠惠隔壁的更衣室。

盛惠惠走出更衣室的时候，张昔微恰好也换完衣服走了出来。

看到和自己穿着同一款式衣服的张昔微，盛惠惠不禁一愣，只是张昔微又笑得一脸柔弱无害："你会不会介意我和你买同一件衣服呀？瀚卿眼光可真好，这衣服上身效果比挂在那里还要好呢，我也忍不住想试一试。"

她都这么说了，盛惠惠还能拒绝，让她把衣服给脱了不成，只能一言不发地站在那儿照镜子。

这时候张昔微又说话了，只不过这次她是对徐翰卿说的："瀚卿，过来呀,你觉得我穿这个好看吗?"

她声音本就温温柔柔的,这一声又是特意掐着嗓子说的,真是听得人骨头都要酥了。

徐翰卿不紧不慢地起身走了过来,一旁的导购倒是真被张昔微那话所误导了,笑眯眯地与徐翰卿说:"你女朋友穿这身可真好看。"

听了这话,张昔微也不去纠正,只抬起眼帘瞥了盛惠惠一眼,眼中带着一丝歉意。

盛惠惠也是没话说,你觉得对不起我,倒是直接开口去跟人解释啊,看我干什么。

这时候徐翰卿已然走近,目光在盛惠惠身上游走,沉着嗓音夸赞道:"是呀,我女朋友真的很漂亮。"

盛惠惠会意,连忙笑着挽住了他的胳膊:"那你要做好给买买买的准备咯。"

徐翰卿一脸严肃地朝她行了个礼:"遵命,我的公主殿下。"

虽说盛惠惠心里明白徐翰卿现在只是在演戏,却仍是被他给逗乐了,捂着肚子笑个不停。

02. 然后，她又听张昔微说："我真的不是故意的，没想到，没想到瀚卿不能喝酒，两杯就醉了……"

一直被视作隐形人的张昔微再也按捺不住，又往徐翰卿跟前凑："你俩可真是恩爱呢，可别忘了我呀，我穿这件怎么样啊？"她声音一如既往地轻轻柔柔，脸上又带着浅浅笑意，更何况又是调侃的语气，怎么都叫人讨厌不起来。

徐翰卿像是现在才发现张昔微的存在，却未直接回答，而是撇过头去望向盛惠惠，显然是想将这口锅甩到她身上。

平心而论，张昔微穿这衣服还真没盛惠惠好看，张昔微是那种温柔又浅淡的美，就像一杯回味悠长的清茶。盛惠惠与她截然不同，美得浓烈肆意，每一处都是浓墨重彩，就像是一壶烈酒，而她们此时所穿的这身衣服显然更适合盛惠惠。

盛惠惠单手托腮，上上下下、仔仔细细地将张昔微打量了一番，最终得出结论："好像不是很适合哎，你屁股太扁了，胸也看起来怪怪的，就像下垂了一样，还有这颜色你也压不住，一眼看过去，只有衣服没有你，脸都是糊的。"

简直将张昔微形容得一无是处，偏偏她表情又十分严肃认真，就像课堂上被老师点名回答问题的学霸一样，一点儿也不像是在蓄意挑刺。

任谁听了这话都会不高兴，张昔微暗自磨了磨牙，脸上却仍是一派和气，娇滴滴地埋怨着："哎呀，小惠，你完全都不给我留情面的。"说完还嘟了嘟嘴，吐了下舌头，俨然一个天真无邪、脾气又好到爆的小学妹。

盛惠惠本以为这样她就会消停下，却显然低估了她脸皮的厚度，万万没想到，都这样了，她还能像个没事人似的继续扭头去看徐翰卿："瀚卿，你也这么觉得吗？"

徐翰卿微微颔首，言简意赅又冷淡："她说得很有道理。"

张昔微的脸顿时就垮了，再也维持不住脸上的笑，可这种状态仅仅维持了一瞬，她脸上又立马重堆出笑容来，一脸娇嗔地埋怨了句："你们可真是夫唱妇随，真讨厌！我把衣服换掉就行啦。"

看到这里，盛惠惠笑得颇有些得意，徐翰卿则若有所思地望了她一眼，她连忙变回严肃正经脸，心中依旧暗爽。

盛惠惠、徐翰卿、张昔微一行三人逛了整整一个上午的街，一整个上午张昔微都没能占一点儿上风，全程都被盛惠惠吊打，吃午饭的时候她实在憋不住了，找了个借口先回去。

张昔微前脚才走,徐翰卿便发话,表示盛惠惠也可以走了。

盛惠惠握着筷子的手一顿,气得几乎都要把那双细细的筷子给折断,她义愤填膺地一拍桌:"兄弟,你做人不能这样啊!这桥才过多久啊,就准备拆了?未免也太过分了吧!"

徐翰卿却丝毫不为所动,目光定定地望向她:"你究竟要干什么?这般接近我又到底存着怎样的目的?"

盛惠惠神色终于缓了下来,似很认真地思考了一番,她神色真挚,一派深情款款:"我只想留在你身边。"

若不是徐翰卿定力够,恐怕得喷盛惠惠一脸了。

徐翰卿生生压制住了自己想喷的欲望,依旧冷酷无情地维持着他的严肃正经脸:"即便你这么说,也不妨碍我认为你别有居心。"

最初的时候,盛惠惠是真准备蒙混过去,可一连被徐翰卿给关在门外七天后,她才终于意识到,以她这智商,别说取得徐翰卿的信任,就连话都跟他搭不上。

为了不让自己真变乞丐,盛惠惠终于下定了决心,她要向徐翰卿坦白自己的身份。

于是,只见她深深吸了口气,一脸正经地说:"其实我是从一千五百年前穿越到这个时代的。"

说这话的时候,她一直紧张兮兮地盯着徐翰卿的脸,就怕他不相信自己,于是便十分清晰地捕捉到了徐翰卿眼睛里那一闪即逝的嫌弃,外加一个稍有些隐晦的白眼。

盛惠惠还真不知道徐翰卿也会跟人翻白眼,可见他是真嫌弃自己了。

她越想越觉失落,曾经她是多么春风得意啊,想误会他就误会他,想嫌弃他就嫌弃他,偏偏他还没任何怨言,依旧任劳任怨地"伺候"着她,所以……她这是遭报应了咯?

思及此,盛惠惠很是惆怅地叹了一口气:"做人就不能单纯点儿,少想点儿有的没的吗?我真是从一千五百年前穿越到你们这个时代的。"

说着她才恍然想起,自己身上还有个信物,于是掏了出来,递到徐翰卿眼前:"你看这个,好像叫什么能量晶石,我当初就是用这个穿过来的。"

即便是在这个时代,穿越时空也不是件普遍的事,徐翰卿也仅仅是上课的时候听说过,正因如此,才能识得盛惠惠手中的这块晶石。

"哦,还有一样东西!"盛惠惠突然又想起什么似的,再一次从兜里掏出样东西——手机。

盛惠惠的手机是智能机，智能机的电池大多都不耐用，她都已经在这里待了整整八天，手机自然早就因没电而关了机。

"这个东西你可能认识，在我们那个时代被称之为手机，主要用来通信的，不过现在它已经没电了。你若是还不信，可以给它充点儿电，里面存了很多那个时代的照片。"

徐翰卿将信将疑地将盛惠惠手中的两样东西拿了过去。

这个时代的电器早已不需要充电，全都装有能将光及风转化成能量的部件，故而在盛惠惠看来十分轻松的"充电"其实是项高难度操作。

盛惠惠也是太天真，以为自己把晶石和手机交出来就能摆脱睡走道的命运，结果徐翰卿那货还是直接将她关在了门外，理由是他暂时无法判别手机和晶石的真假，所以她的身份依旧值得怀疑。

盛惠惠简直不要太憋屈，几乎都想吊死在徐翰卿门口，变成吊死鬼天天吐着舌头吓他。

不过都走到了这一步，她盛惠惠应该快熬出头了吧。

徐翰卿是个彻头彻尾的行动派，第二天一去联邦军校就动用一切关系将那"古董"手机给充满了电。

盛惠惠的手机里存有不少一千五百年前的照片,其中甚至还有她从前偷偷拍下的那个穿越到一千五百年前的徐翰卿的照片。

徐翰卿越看神色越复杂,然后,他又在盛惠惠手机里搜到一个加密文档,他鬼使神差地输入了自己母亲的生日,奇迹般地立刻就打开了。

恐怕就连盛惠惠自己都不知道手机里还有这样一个加密文档,里面不是别的东西,而是一封密信。

密信简单地介绍了盛惠惠的身份,此外便是一条按照年份所编的时间轴,记载了徐翰卿从前乃至未来所遇到的所有事。

从前在徐翰卿身上所发生过的事全都能对得上号,至于未来几年里将会发生的事,徐翰卿又怎能判断是否正确?

这事看上去虽有些荒唐,徐翰卿却信了一大半,若未来几天所发生的事都能一一印证,那么他才会真正相信。

今天以前,所有在徐翰卿身上发生过的事都已经得到证实,其中甚至包括张昔微的来访、盛惠惠向他坦白身份。

徐翰卿低头望着那部古董手机屏幕,不知即将发生在今天的那两件事可会实现。

若是真实现了,那么他也不必再去怀疑盛惠惠的身份了。

这个念头才从徐翰卿脑中冒出,下一刻就已得到印证,教官突然将他叫到办公室,语重心长地与他说,已经将他举荐给女王。一旦被录取,他便要即刻动身前往女王所在的王宫,担任女王亲卫队队员这一重要职位。

徐翰卿已经开始动摇,偏偏在他走出教官办公室时,又传来一个消息——女王遭暗杀,现已受重伤,凶手被生擒……

盛惠惠全然不知联邦军校里所发生的事,依旧苦兮兮地蹲在联邦军校外守着。

这个时代的军校与盛惠惠所在的那个时代不一样,除了依旧不能进闲杂人等、保安措施十分严以外,别的方面却十分松散,故而徐翰卿根本就不似盛惠惠想象的那样需要在学校寄宿,每天很早就得从床上爬起接受严厉的训练。

所以,当徐翰卿背着包从校门走出来时,盛惠惠一脸惊讶。

她想要说的话还未说出口,徐翰卿便已上前一步拉住她的手:"你所说的话均已得到证实,你现在就跟我回去。"

徐翰卿的态度实在称不上温柔,脸上的表情十分严肃,不知道的还以为他要把盛惠惠抓回去关着呢。

于是，盛惠惠又一次莫名其妙地和徐翰卿开始同居了。

这个时代这个年纪的徐翰卿终究比不上沉淀数年的徐翰卿温柔体贴，厨艺更是差了十亿光年的距离。

盛惠惠吃徐翰卿煮的面都快吃吐了，终于在连吃三天后，她忍不住爆发了，义愤填膺地拍着桌子："你就不能做点儿别的给我吃吗？我好歹也是你要保护的公主啊！"

默默吃完一碗面的徐翰卿冷淡地瞥了盛惠惠一眼："我只会做这个，不喜欢就饿着。"

明明叫同一个名字，明明长着同一张脸，他却这样对自己，从前快被宠上天的盛惠惠都快气炸了，意识到和徐翰卿来硬的不行，她又开始对其谆谆教导："未来的你可是一代食神！什么料理都会做，一口气就能做出一桌酒席的那种大师级别人物啊！"

徐翰卿依旧不为所动："那又怎样？"

盛惠惠已经泄了气："所以啊，我的愿望就是希望你的厨艺能稍稍进步一点儿啊，别再天天用酱油拌面了，这东西吃多了怕是人都会变傻吧。"

盛惠惠与徐翰卿同居的日子，就这么不咸不淡地在酱油拌面中度过。

张昔微依旧阴魂不散，每逢周末都来蹭饭，甚至还准备着手攻下盛惠惠，每次过来都会给她带些女孩子喜欢的小礼品以及甜点。

盛惠惠对张昔微依旧是有感情的，除了第一天见面印象很差以外，之后倒是慢慢有了改观，于是，她便总觉得是自己先入为主，带着负面情绪去看待张昔微，所以才会对张昔微有种莫名其妙的厌恶感。她对张昔微仍抱有希望，认为张昔微本性并不算坏，如果能在这时候拉张昔微一把，不让张昔微加入那个叫"不死鸟"的组织，或许还有救。

盛惠惠心中各种复杂的感情交织在一起，始终无法给张昔微盖棺定论。

变故发生在两个月后的那个周末。

周六，盛惠惠又在赖床，一觉醒来已是下午一两点，徐翰卿也不知跑哪儿去了，她等了整整一个下午都不见他人。直到第二天清晨，徐翰卿才一脸疲惫地回到了家，身后还跟着脸上泪痕尚未干透的张昔微，不知道的还以为徐翰卿把她给怎么了。

盛惠惠正跷着二郎腿啃着薯片,没由来地被这两人给吓了一跳,眨巴眨巴眼问:"你们……这是干什么啊?"

泪水又从张昔微眼中流了出来,她欲言又止,几度张嘴又几度合上,最终只从牙缝里挤出十个字:"小惠,我对不起你。"

短短七个字,一瞬间让盛惠惠脑补无数剧情,她简直一脸蒙圈:"这是怎么了?你这是怎么我了?"

"我……"张昔微抬头瞥了徐翰卿一眼,又飞快垂下眼帘,盯着自己脚尖,一字一顿,缓缓地说,"我和瀚卿睡了。"

轰隆隆——

盛惠惠只觉自己脑子里闪过一道惊雷,然后,她又听张昔微说:"我真的不是故意的,没想到,没想到瀚卿不能喝酒,两杯就醉了……"

盛惠惠一直认真地听着,隔了好久才找回自己的声音:"所以,他就酒后乱性,把你给睡了?"

张昔微摇了摇头:"不是,是我没忍住,把他给睡了。"

"噗!咳咳咳咳……"盛惠惠呛得眼泪水都出来了,这一瞬间还真不知是该哭还是该笑。

刚来的时候她还纳闷张昔微和徐翰卿怎么没在一起,原来是有这么一出,恐怕即便她没有穿越到这个时代,事情也依旧会这么发展吧?盛惠惠莫名觉得惆怅,所以即便她来到了这个世界,也依旧什么都改变不了吧?

盛惠惠神色黯然地仰头望了徐翰卿一眼,他却匆忙避开了她的视线。

都已经发生这种事了,她还能再说什么呢?反正她这女友是冒牌的,随时都能下岗,于是她又听到自己带着颤音的声音响起:"你们原本就应该在一起,所以,我退出,恭喜你们了。"

"小惠……"张昔微仍是那副做错了事的可怜样。

盛惠惠强忍住要翻白眼的冲动,又朝她甜甜一笑:"不过,我实在没地方去了,你这么善良一定不会忍心让无处可去的我流落街头吧。所以你们在一起也没关系,只要能让我继续住在瀚卿这儿,我便心满意足了。"

张昔微能装可怜,她怎么就不能了?才说完这通话,她便忍不住给自己点了赞,她怎么这么机智,哈哈哈!

果不其然,她这话才说完,张昔微脸都要绿了:"你住在一个有女朋友的男性家里是不是有点儿不太好呢?"

"怎么会呢？"盛惠惠一脸委屈，"你不会真胡思乱想了吧？我和他可清白着呢，做不成恋人也能做朋友啊！你怎么这么小气，住都不让我和他住，是不是觉得我们住一起就会发生关系？你可别想歪了啊，我不像你这么饥渴，看到他喝醉还能直接扑上去，我们之间纯洁得很，到现在都只是牵牵手呢。"

从进来到现在都保持沉默的徐翰卿终于沉不住气了："你先回去，小惠继续住这里。"这话是对张昔微说的。

他的态度，不给张昔微丝毫置喙的余地。

纵然张昔微再不甘心，也只能先回去，反正她要表达的意思都已经清晰地传到了盛惠惠那里。

张昔微走了，盛惠惠一脸不悦地盯着徐翰卿："你怎么这么没用啊，居然喝醉了，被一个女的给睡了！"

徐翰卿终于没忍住朝她翻了个白眼："这种话你也信？"

盛惠惠一脸茫然："不然呢？"

徐翰卿改用看白痴的眼神望着盛惠惠："也对，你的智商也就这样了。"

盛惠惠登时就怒了："说什么呢你！"

徐翰卿毫不留情地打击："说你笨说你蠢而已，我的身体我还能不清楚？"

"呃……"盛惠惠一时语塞，有些不信，"真的？"

"不然呢？"徐翰卿又一次翻了个白眼，"果然智商决定待遇。"

徐翰卿这话说得不明不白的，盛惠惠却是一下就猜到他想表达的内容了，意思就是她笨，只能被虐咯！

张昔微和盛惠惠的身份很快就被对调。

张昔微成了整日挽着徐翰卿胳膊撒娇秀恩爱的那个，盛惠惠则像块狗皮膏药似的，一路紧随两人身后，时不时给张昔微添添堵。

转眼，又过半个月。

半个月后的一个午后，徐翰卿突然收到一个消息，那便是他已通过考核，即日便能前往女王所在的王宫，任女王亲卫队队员一职。

这条信息，徐翰卿早已看过，它清清楚楚地被记录于盛惠惠手机中的加密文件里，徐翰卿一直都在等这天的到来，故而早已做好万全的准备。

一千五百年后的这个世界，人类最高统治者正是盛惠惠那个便宜老妈，也就是当今女王陛下。

女王陛下亲卫队员这一职位绝非一般人所能担任，仅仅是成绩优异是不够的，任职者不仅要拥有纯正的贵族血统，甚至族系三代内所有血亲的生平事迹都会被调查得一清二楚，整个联邦军校中三万名学生，都找不出十个完全符合条件之人。

成为女王亲卫队队员虽光荣，但在尚未得到女王的认可，被授予勋章前，不能向任何人透露自己的去向。

于是，徐翰卿便这么突然在这一天消失了。

而今的张昔微甚至都不知道他究竟是死是活，只知，与徐翰卿一同消失的，还有那个名叫小惠的怪女孩儿。

孤 独 又 璀 璨 的 你

第九章

"再抱我一会儿好吗?"
"我从未感觉这么孤独过。"

GUDUYOU
CUICAN
DENI

01. 徐翰卿的声音在这时候停了下来，他神色温柔地望着盛惠惠："现在，你可愿意牺牲自己？"

徐翰卿此番是要前往女王所在的王宫，他与另外几名被选中的学生一同秘密前往。

至于盛惠惠，则只能按照他的指示，偷偷摸摸跟在他们身后走。

这个时代的地球已几乎寻不到一块完全露出水面的大陆，那些在盛惠惠看来已然高耸入云的建筑其实是一艘艘船，随时都可顺着海面漂走，而女王所在的城市则是当今世界仅剩的一块陆地，名为"不夜天"。

而后又过了五天，盛惠惠才与徐翰卿见上面。

盛惠惠并不知晓徐翰卿手中有个这么逆天的文档，记录了过去乃至将来的事，更不知那文档上记录的时间轴到她和女王见面便戛然而止，再往后便全都是一些徐翰卿见都没见过的各类菜谱。由此，徐翰卿甚至都有些怀疑，自己以后是否会抛弃军人的身份成为一名厨师。

作为一个普通人，想要见到女王绝非简单事，即便徐翰卿现在身为女王亲卫队队员，也不是件容易的事。故而接下来的这些天里，盛惠惠只能像只无头苍蝇似的在不夜天中瞎晃，以求能撞上狗屎运，与女王来场偶遇。

盛惠惠每天都这么念叨着，也不知道究竟该说是她的"执着"感动了上苍，还是该说傻人有傻福，这种不亚于天方夜谭的事还真叫她撞上了。

事情发生在盛惠惠来到不夜天的第三个夜晚。

不夜天这座城市还真对得起这名字，盛惠惠在这里还真都没见到月亮和黑夜，只能凭借广场上亮起的巨大新月投影判断出已经到了晚上。

不夜天的繁华也是远远超出盛惠惠的想象，街道上此起彼伏的叫卖声让她恍惚回到了一千五百年前。不对，即便是一千五百年前也不会有这么多人做生意吆喝得这么起劲儿,完全就像是回到了旧时光里的北京老胡同。

盛惠惠一个人逛得起劲儿。

直至后来她才知道,原来这条街上的商家全都是仿真机器人,甚至连那些前来逛街买东西的行人也都是仿真机器人,一条看似人声鼎沸的街道上其实就她一个活人。

这条街上的人虽是假的,各式各样的小吃和贩卖的商品却通通都是真的。盛惠惠在这座城市住了整整三天,最爱吃的便是一种皮薄汁多的馅儿饼,巴掌大一个,她一口气能吃上三个。

和前两天一样,她又来买馅儿饼,却因今天来晚了点儿,没赶上好时机,店里的馅儿饼都被卖完了,只剩最后一个。

盛惠惠老远就瞧见那孤零零躺在橱窗里的馅儿饼,一个飞奔,直直冲过来,连忙掏钱买下那个馅儿饼。她原本满心欢喜地准备从老板手中接过那个装了馅儿饼的纸袋,却有一只纤细白皙的手凭空横了过来,抢在她之前接过老板手上的纸袋。

这分明就是在抢东西啊!

盛惠惠登时就怒了,以迅雷不及掩耳之势将装了馅儿饼的纸袋从那只手中抢来,并且还一气呵成地打开纸袋,在馅儿饼上咬了一口。

做完这些，她才无比嘚瑟地朝那人一笑。

然后，她才看清对面之人的长相。

这是个衣着华贵，甚至可以称得上是浮夸的长发女人。

之所以被称之为"长发女人"，正是因为她头发很长，接近黑色的深褐色鬈发顺着她的脊背一路垂至膝盖弯。她个子很高，起码有一米七六，也正因为她身材高挑儿，留这么长的头发，以及穿着一身及脚踝的绛紫色繁复绣花长裙才不会令人觉得奇怪。

盛惠惠第一眼看过去，并没看出这个女人的年纪，只觉这个女人气质雍容，应该不会太年轻，面容却又像三十出头。

盛惠惠默默打量完眼前这个女人，便不动声色地收回目光，直觉告诉她，这个女人肯定不好惹，她本想叼着馅儿饼，默默转身离开，结果还没转过身去，她的手腕就被这女人给拽住了。

"抢了老娘看中的东西还想走？"盛惠惠也是万万没想到，一个看上去这么雍容华贵的女人说起话来居然比她还粗鄙。

盛惠惠也不是那种好捏的软柿子，立马就将那女人的手给甩开了，叉着腰，拽得像二五八万似的："哟呵！这位大妈你自己出手慢还有理了是不？你以为你谁啊？做人不能这样的好吧！"

女人本还只是有点儿盛气凌人，听完盛惠惠这席话，气得脸上的粉都要掉光了。

盛惠惠还在为自己的牙尖嘴利而沾沾自喜,丝毫不知下一刻就有危险,所以,当危险降临的时候盛惠惠整个人都蒙了。

眼前这个女人不仅粗鄙还很野蛮啊!居然二话不说就撸起袖子,直接上手来揍她。

猝不及防间,盛惠惠就挨了一耳掴子,被打得头晕眼花。

等她意识到自己莫名其妙挨了揍的时候,她整个人都失去了理智,好不容易抢来的馅儿饼也不要了,直接丢开和那老女人扭打成一团,两人又咬又踢又是拽头发,一时间尖叫连连。

从前盛惠惠身高还只有一米六的时候,就已经是个打架小能手,现在又高了近十厘米,胳膊也长了,腿也长了,打起架来更有气势,不消片刻,那个主动挑事的女人就被盛惠惠按在地上打。

盛惠惠骑在那女人身上,笑得那叫一个气焰嚣张:"你个老女人还敢扇老子耳光!打啊!怎么不继续打了?!哈哈哈哈哈!"

她兀自得意着,却不想还没笑个畅快,下一刻就突然冒出了一群身穿铠甲、手持重兵的军人,将她与那个女人团团围住。

趁盛惠惠发愣的空当,女人一个"咸鱼翻身"连忙站了起来,笑得格外嚣张,一把捏住仍在发愣的盛惠惠的脸:"敢和老娘抢东西,还嫩着呢！"

对方人多势众，盛惠惠要是还扑上去和她撕，就真是个傻子了。

已然认怂的她也只敢朝那女人翻个白眼，死鱼似的趴在地上，反正她没辙了，爱咋咋的吧。

就在她垂着脑袋生闷气的时候，徐翰卿来了。

此时的徐翰卿与那群突然出现的军人穿着一样的铠甲，握着一样的兵刃，以至于一开始盛惠惠都没能认出他。从她的角度看去，只看到一个军人突然出现，又突然走到那个不可一世的女人身边，躬身贴在她耳边说了句什么话。

很快，那个不可一世的女人便瞪大了眼睛，立马从盛惠惠衣服里抽出那块一直被盛惠惠挂在脖子上的能量晶石。

她这一系列动作飞快，以至于盛惠惠都愣住了，然后，两人同时开口："难道你……"

接下来的话，女人没能说出口，盛惠惠白眼都快翻破天际，一脸无语地说："原来还真是老娘啊！"

话一出口，二人皆露出嫌弃的表情。

嫌弃归嫌弃，再看不顺眼，女儿也终归是自己生的。于是，一脸茫然外加有着十万个不情愿的盛惠惠便这么被女王强行捆回了自己的王宫。

现在盛惠惠也总算明白自己当初为什么会做那种玛丽苏公主梦了，别的不说，找回自我的她还真是个活体玛丽苏。

她才回王宫就被女侍们伺候着换上了一身复古的宫廷裙装，又是束胸衣，又是大片大片繁复且华丽的刺绣，有些细节和花纹看上去还莫名有点儿中国风，她穿上去只觉得别扭。

整座王宫她也就只认识徐翰卿一人，故而女王特此将徐翰卿分配给了她做贴身侍卫。

等换好衣服，盛惠惠只觉自己整个人都要断气了，她宁愿穿那种传统式的中国汉服，又仙又方便，而不是像现在这样，走哪儿都觉得自己像个移动的巨型蛋糕。

终于见着了徐翰卿的她忍不住开始吐槽："大家都长了张亚洲人的脸，为什么还偏得穿欧洲人的古装？"

盛惠惠所不知道的是，而今这个时代已不分人种和国家，人人都是混血，且整个世界都结成了一个联盟，她的母亲也就是女王便是这个世界的最高统治者。

听完徐翰卿这席话，盛惠惠只是感叹，终于明白这个世界为什么会走向灭亡了,这最高统治者未免也太不靠谱儿了吧!

还好盛惠惠这话说得早,再晚一点儿说怕是正好被女王听到。

女王换了一身更华贵的衣服,身后跟着清一色的美男子,盛惠惠看得傻眼,闹不明白她这又要做什么。

当她弄清楚这究竟是怎么一回事后,盛惠惠更觉无语。

女王跷着二郎腿坐在椅子上,懒洋洋地说着话:"虽然你看着挺让人讨厌的,可好歹也是老娘的亲生骨肉,所以,这两年内你就尽情享乐吧,总不能让你都自我牺牲了,还过得这么寒碜。"

盛惠惠简直一脸黑人问号:"什么叫都自我牺牲了啊?麻烦您给我解释清楚。"

这下换女王蒙圈了:"难道你都不明白自己究竟要发挥怎样的作用,就直接坐时光机跑到了这里?"

如果当初有的选,她才不想过来呢。现在,她只得如实点头。

女王无比嫌弃地瞥了她一眼:"你本身就是一颗种子,只有牺牲了你,才能拯救这个已然走向毁灭的世界。"

盛惠惠登时就怒了,一拍桌,义愤填膺地嘶吼:"要拯救世界你去救啊,凭什么牺牲我?"

女王白眼翻得越发频繁:"你就不能有点儿奉献精神吗?真是

一点儿也不像我生的。"

　　这回轮到盛惠惠翻白眼了,如果可以,她还真不想要这个拯救地球的玛丽苏身份,可她既然都来了这座王宫,后悔了也没用。

　　徐翰卿以及若干女王亲卫队成员二十四小时不离她身边,这座王宫也坚固如铜墙铁壁。

　　起初,盛惠惠是绝望的。

　　可她这人就是有一点好,容易忘事加天性乐观,绝望着绝望着又在充斥在眼前的奢华生活中给自己找回了一丝丝希望。

　　女王话虽这么说,但到底也是盛惠惠亲妈,见硬的不行,又改变策略,让徐翰卿带着盛惠惠去灾区溜达一圈。

　　这个世界的衰竭程度远超盛惠惠的想象,她本以为这个世界仅仅是失去了陆地而已,却不曾想到,还有一种新型病毒在这个星球上肆无忌惮地夺取着人类的生命,而她则是唯一一个具有抗病毒细胞的人。

　　盛惠惠坐在车舱内,无悲无喜地俯视着那群被病毒侵蚀得奄奄一息的普通人。

　　徐翰卿在她身旁解说。

这场灾难爆发在二十一年前。

二十一年前两极冰川开始消融,淹没大片土地,与此同时,那些被冰封在冰川内的古老病毒得以解封,开始在人间肆虐。那场灾难几乎夺走了地球上近一半人的生命,当时还只是联邦公主的女王陛下不忍这么多人受苦,自愿牺牲自己,成为实验对象来拯救世人,却不想那时的她已经怀有身孕。当时她肚子里所孕育的生命体正是盛惠惠,结果,盛惠惠成了能拯救世界的那颗种子。

徐翰卿的声音在这时候停了下来,他神色温柔地望着盛惠惠:"现在,你可愿意牺牲自己?"

盛惠惠将目光缓缓从灾民身上收回,却依旧在摇头:"不,我没这么伟大,对这个世界也无任何感情,这种莫名其妙就让我做牺牲的事,我是真做不来。"

徐翰卿止不住地叹气。

盛惠惠说的话也不是没有道理,他能理解她,这项说服她的工作也只能慢慢进行,不能操之过急。

就在徐翰卿准备驾驶飞车带盛惠惠回王宫之际,四面八方突然拥出近五十辆飞车,密密麻麻包围了他们的车。

徐翰卿已无任何退路,可他即便是死,也不能将盛惠惠交给那群人。

徐翰卿本准备硬闯,将车潜入海底,却不曾想到,这伙人早有准备,甚至连水中都有埋伏。

一直保持着沉默的盛惠惠却突然在这时候开口说话:"他们人多,却又一直都没对我们动手,目的应该是生擒我。所以,我待会儿去引开他们,你赶紧逃,然后,再带人来救我。这是命令,你必须服从!"语毕,她推开车门,一头跳进水里。

变故来得太快,盛惠惠的动作又太过敏捷,徐翰卿甚至都没反应过来,她便已经跳入水中。

原本平静的海面突然变得无比喧哗,所有悬浮在空中的飞车都落到了海面上,一时间数不清的人往水里跳。

徐翰卿不过犹豫了片刻,便趁乱离开了。

不消片刻,盛惠惠便被人从海中捞起。

盛惠惠其实水性不错,为了给徐翰卿拖延时间,她愣是潜了好久的水,直到确定徐翰卿已经安全撤离才假装呛水,被人从海中捞了起来。

捞起盛惠惠的团伙正是盛惠惠早有所闻的"不死鸟"。

"不死鸟"的大BOSS是个神色阴郁、戴着一个小丑面具的神经质大叔,对盛惠惠的态度却很是恭敬。

本还有些害怕的盛惠惠立马就不怕了,只觉眼前这个大叔大概是有病。

不为别的,只因他看见盛惠惠都有一刻钟的时间了,一直在反反复复念叨着同一句话:"毁灭即新生,唯有将这个世界毁灭掉,'不死鸟'才能浴火重生!"

盛惠惠翻翻白眼,都懒得搭理这个深度中二的神经病大叔。

后来,盛惠惠发现,这位大叔不仅有点儿神经质,还是传销组织的骨灰级脑残粉,以至于接下来的一整天,他都在对她洗脑,告诉她这个世界是如何如何邪恶,人类又是如何如何作死。总之,人类就不该存在于地球上,是地球上的瘤子,而他们"不死鸟"就是来替天行道惩治这些人类的。

盛惠惠一开始还在心中狂吐槽,听到后面都懒得再去搭理这大叔了,瞌睡连连。

在"不死鸟"大BOSS停止演讲后,盛惠惠终于提出一个疑问:"正如你所说,你们'不死鸟'的目的就是为了毁灭这个世界,而我又是拯救这个世界的种子,所以你老人家既然都把我给掳过来了,为什么不索性直接弄死我,还在这儿跟我废话什么?"

"不死鸟"大BOSS露出了个谜之微笑:"若是连身为种子的公主您都入了'不死鸟',那么,还会有多少人听女王的话呢?"

盛惠惠不禁眼睛一亮,突然觉得这大BOSS其实不那么脑残了,虽然依旧很中二,可好歹也是个有着正常智商的人。

02. 她无愧于任何人,唯独对不起她自己。

接下来的几天,"不死鸟"大BOSS一直试图给盛惠惠洗脑,盛惠惠坐在椅子上各种小鸡啄米打瞌睡。第四天的时候,一直饱受摧残的盛惠惠终于再也忍不住,真两眼一闭睡着了。

半睡半醒间,她总觉得有双眼睛冷漠地注视着自己,意识到这一点的她猛然惊醒,一个鲤鱼打挺,连忙从床上弹起,然后,她对上了一双不带一丝情绪的眼睛。

眼睛的主人她认识,正是张昔微。

她犹自发着呆,张昔微便已经笑意吟吟地说了句:"小惠,我们又见面了。"

盛惠惠如今仍待在"不死鸟"总部，现在睡的这张床这间房也恰是"不死鸟"大BOSS特意为她而准备的，故而她不明白，张昔微怎么出现在了这房间里的？虽然她知道张昔微也是"不死鸟"的人，但好歹她是个重犯啊，寻常人应该很难见到她才对呀！

咸鱼了很长一段时间的盛惠惠终于又有了点儿危机意识，正所谓情敌见面分外眼红，现在还是在"不死鸟"的老巢里，也不知道张昔微这时候出现究竟准备做什么。

盛惠惠满脸警惕地盯着张昔微。

张昔微面上的笑却仍不减，甚至还开口安抚了盛惠惠一句："放心，我不会对你怎样，杀你对我一点儿好处都没有。"

盛惠惠还是不敢掉以轻心："我怎么知道你说的是真还是假？"

张昔微无所谓地一耸肩："爱信不信。"顿了顿，她又补了一句，"反正，我是来救你的。"

事到如今，盛惠惠已经不知道究竟跟着哪方才能自救，不论是回到女王身边，还是跟着这个神经病大叔都不会落得好下场，可若是要逃，天大地大，她又能逃去哪里？不知怎的，这一瞬间，她莫名觉得自己格外悲情。

世间竟再也找不到她的容身之地了吗？盛惠惠不仅仅是觉得悲凉，还觉得累，累到她都不想再做无谓的挣扎，累到她都不想再去逃避。

如果这就是她的宿命，那么，她已经做好坦然接受的准备。

神思恍惚间，屋外突然传来了极大的动静，盛惠惠还在发呆，张昔微已然先行一步拽住她的手，扯着她从窗口跳了出去。

一切都发生得太过突然，盛惠惠甚至都不知道究竟发生了什么，就像只无头苍蝇似的被张昔微一路拽着乱跑，她也不知道自己究竟跑了多久。总之，当她和张昔微一起停下来的时候，两人已经站在了一扇门前。

张昔微朝她弯了弯嘴："你推开这扇门，顺着这条路一路往前走就能走出去，外面有你们的人。"

盛惠惠越发不懂了："你不是不喜欢我吗？为什么要这么做？"

听完这话，张昔微又是一笑："再不喜欢你，你也终究是能够拯救这颗星球的种子，我既然是一名军人，就不该将个人恩怨摆在第一位。"

这样一来，盛惠惠就更不明白了，穿越前的最后那一次大逃亡，张昔微明明亲口说她本来就是"不死鸟"的人，现在却又来救自己。

一时间，盛惠惠脑中划过无数念头，可她还没来得及思考更多，又听张昔微开口了，她的声音中不带任何情绪，眼中却透露出一丝怜悯："更何况，即便是将你放出去，你顶多也就只能活两年，我是不会将这样的可怜人视作对手的。"

盛惠惠本想开口反驳，张了半天嘴，喉咙里都挤不出一个完整的音节。

张昔微又笑了笑："从前我也会埋怨命运不公，总觉得世上再也找不到比我更惨的人，如今，我再也不这么觉得了。"

盛惠惠沉默良久，终于找回自己的声音："所以，在最后的关头，你也依旧要给我添堵是吗？"

"不。"张昔微笑容甜美，"我是真同情你，明明身份尊贵，活着的时候却得不到任何人的爱。牺牲自己以拯救地球，听上去是多么伟大的使命啊，可这些又和你有什么关系，反正你也就是在死后才会被人惦记，被人提起。"

盛惠惠脸色苍白如纸。

在她的认知里，她不过是个普通到不能再普通的女孩儿，从未想过有朝一日会担负起这样的使命。

如果可以，她真希望自己只是那个普普通通的盛惠惠，不求荣华富贵，只求安稳地度过每一天，然后找个不太好也不太差的普通人结婚生子，如每个普通人一样平淡度过此生。

事已至此，她突然有些不明白，自己究竟为什么要来到这个世界，简直就是赶着来送死。从前那些她所熟悉的面孔，不论是张昔微，还是徐翰卿，统统都变了，不论是谁都在将她往死路上逼。

她也不是不懂大道理的人，只是不情愿被人逼着牺牲自己。

她甚至在想，哪怕徐翰卿和那些人能够再骗一骗自己来博取同情，她都能咬着牙去牺牲自己，而不是像现在这样，既对这个世界无任何感情，又对身边所有的人充满恨意。

盛惠惠现在的心情有着说不出的失落，她甚至都不知道自己究竟是何时推开了那扇门，何时走出了"不死鸟"的老巢。当她再一次看到徐翰卿的脸时，只是莫名觉得浑身无力，才走两三步便两腿发软，险些栽倒在地，所幸徐翰卿眼疾手快，一把将她捞进了怀里。

盛惠惠在徐翰卿臂弯里叹着气。

此时正值深夜，夜空中突然亮起了烟火，她的声音在夜色中徐徐响起："再抱我一会儿好吗？"

而后,她无比疲倦地合上了眼,又说:"我从未感觉这么孤独过。"

明明从前也一直都是孤独的,可那时候身边起码还有个张昔微,不论张昔微对自己究竟是真心还是假意,她都无比感激,曾有这样一个姑娘陪伴着自己。

她看着夜空中不断绽开又不断落下的烟火,勉强弯了弯嘴角,扯出一抹笑来:"即便是发现我的身份并非盛惠惠,甚至连父亲母亲乃至自己的存在都是假的时候,也都不曾像现在这般孤单。这里,好像每个人都不曾对我用真心,好像每个人都在竭力将我往死路上推。对你们而言,我的牺牲或许是神圣且光荣的,可这对我来说,公平吗?

"只是,我似乎并无选择的余地了,这些天来,我也已经想明白了,与其继续孤独地活在这世上,倒不如像烟花一样璀璨地死去,既成全了你们,又脱离了这宿命。"

盛惠惠说这话的时候,徐翰卿不敢去直视她的眼睛。

她一直躺在徐翰卿的臂弯里,弯着眼睛,笑着说个不停:"说起来,你可能不信,我其实挺喜欢你的,不过,可不是现在这个既不温柔又不体贴,还总是冷着一张脸的你,而是那个会耍赖、会装可怜,还有一手好厨艺的你。"

徐翰卿喉结几番滚动，终于说出了那三个字："对不起。"

这一刻，盛惠惠笑得灿烂至极："谁都没欠谁的，你根本就不必跟我道歉。"

徐翰卿莫名觉得眼睛涩涩的，心中越发不是滋味。她若是打他骂他，他心中或许还会更好受，而不是像现在这样，胸口闷闷的，像是被人用沉重的铅块填得满满当当，不留一丝空隙，几乎就要喘不过气。

此后，二人一路无话，盛惠惠被徐翰卿及一干亲卫队队员送回了王宫。

大抵是她的心性有了变化，前几天在她看来还犹如牢笼的宫殿莫名变得顺眼起来，就连那个不可一世的女王，她的母亲，也不再碍眼。

女王依旧是那副鼻孔朝天的傲娇样，看到盛惠惠一脸蔫巴巴地走了回来，不禁面露几分嘚瑟："被'不死鸟'抓走的感受如何？还是老娘这里好吧？嗯？"

换作从前，盛惠惠一定会牙尖嘴利地反击回去，而今她心已死，连反击的力气也都没了，只弯了弯唇，朝女王淡然一笑："我想通了，我愿意为全人类牺牲自己。"她声音明明很淡，却莫名带着讥讽之意。

她这话说得太过突然,尚未做好心理准备的女王舒展开的笑容顿时僵在脸上。

她一脸难以置信地盯着盛惠惠望了足足半分钟,方才放松面部肌肉,带着那么一丝调侃道:"真的假的?该不会是骗人的吧?"

盛惠惠笑而不语,只是看看女王。

女王没由来地被她盯得心里发毛。

过了许久,盛惠惠的声音方才再度响起:"不过,我还有一个条件。"

听到这个,本还有几分紧张的女王顿时舒了口气:"说吧,只要我能做到,一定尽力满足你。"

"我要……"盛惠惠说到一半便顿住了,笑得一脸恶意,她的眼睛先是扫过女王,随后又轻飘飘地落到了徐翰卿身上,"我要你卸去女王的职位,以及让他去死。比起我一个人牺牲,不如大家一起用实际行动来拯救地球,你觉得这个提议如何?"

氛围变得前所未有地凝重。

不论是女王还是徐翰卿都如遭雷击般地立在原地。

而盛惠惠就像个玩够了恶作剧的孩子,肆无忌惮地笑了起来:"哈哈哈!别怕,别怕,我只是逗你们玩的,我没那么恨你们,也没那么自私。我的愿望很简单,你们一定能够满足我。"

说到这里,她的目光突然飘向了远方,软软的声音里透出一股子悲凉来:"我这一生也算得上什么都经历过了,却唯独没过过一段真正快乐的日子,所以,我希望能够忘掉一切不愉快的事,无忧且无虑地过完最后两年,不带一丝遗憾地离去。"

盛惠惠的心愿在科技空前发达的这个时代着实算不上什么。

女王心情沉重地离开了,偌大的宫殿只余盛惠惠和徐翰卿两人。

盛惠惠又朝徐翰卿笑了笑:"你也走吧,在我的心愿未完成之前,再也不要出现在我眼前。"

徐翰卿神色复杂地立在原地,眼睛里有盛惠惠看不清的复杂情绪在翻涌,他嘴唇一而再再而三地轻颤,终究还是退了出去。

此时依旧是深夜,换好寝衣躺在床上的盛惠惠翻来覆去,死活睡不着。

她的思绪飘回第一次见徐翰卿,乃至第一次见张昔微的时候。

如果一切都是真的,不曾掺杂欺骗,该有多好。

眼泪顺着眼角缓缓滑落,濡湿了一大片枕巾。

她努力扬起嘴角,抬手擦去那些不受控制汹涌而出的泪水,不停在心中念着:"对不起。"

她无愧于任何人,唯独对不起她自己。

女王办事效率很高,第二天盛惠惠才从床上爬起,就听女王派来的女侍说,一切准备就绪,最多只要等七天,她便能忘掉一切不愉快的事。

时间一点一点地往后推移,转眼已到第七天。

前往密室试药前,盛惠惠很不巧地再度遇见了徐翰卿。

徐翰卿先一步察觉,本准备转身离去,才欲转身便被盛惠惠喊住。

不过短短七天,盛惠已将自己弄得很是狼狈,眼睛下方团着两抹乌青不说,眼神中满满的都是疲惫。

盛惠惠愣了很久才找回自己的声音,像是在没话找话说:"你说,我若是真忘了从前所有的事,那么我究竟还是不是我?"

徐翰卿只得答道:"公主陛下您不必想太多,女王陛下命人配的药不会使您失忆,只会让您忘掉那些不开心的事而已。"

盛惠惠笑了笑,不再说话,召唤徐翰卿跟在自己身后,一同朝密室所在的方向走去。

密室所在的位置正位于女王的寝宫内。

如今的密室里仅有盛惠惠、女王、徐翰卿和药剂师四人。

药剂师的手上拿着一根透明的玻璃试管，试管里装着如果冻一般的碧蓝色液体。

盛惠惠指着试管问了声："是这个吗？"

不待他们回答，盛惠惠便已从药剂师手中接过那根试管，仰头喝下。

碧蓝色液体顺着她的喉咙一路下滑，她的大脑皮层变得异常兴奋，眼前像是有无数朵烟花在绽开，大脑里一片空白，这种感觉就像是原本满满当当写满了文字的文档突然被人全部删除，只余一页空白的纸。

盛惠惠的眼神渐渐迷茫。

她忘掉了徐翰卿，忘掉了女王，忘掉了所有的事，只余下那段并不属于她的、真正的盛惠惠的记忆。

再然后……她一脸茫然两眼呆滞地看着身边三张虎视眈眈盯着自己的陌生面孔，轻声自言自语："奇怪，我怎么在这里？不是高考成绩才下来，要和大伙儿一起聚会吗？这都是些什么人啊……"

徐翰卿沉默了。

女王当即就怒了,拽着那名药剂师的领子狂吼着:"不是说,只让她忘掉不开心的事吗?她怎么全都忘了!你说啊,你说啊!"

药剂师一脸无辜,他在这短短七天几乎做了七百次以上的实验,从来都没出现过这样的问题啊!

女王仍没停止嘶吼,像只母老虎似的使劲儿拎着药剂师晃。

过了一会儿,愤怒的女王终于停止咆哮,颓废地立在原地,眼泪止不住地往下流,她都已经明白。

唯一使她女儿快乐的,仅仅只有那段从别人那里借来的记忆。

盛惠惠感觉周遭氛围不对。

她一会儿看看女王,一会儿又瞅瞅徐翰卿,过了好一会儿,她才意识到似乎有哪里不太对劲儿,譬如说,她现在穿在身上的衣服。

她顿时便慌了,一个大胆的念头霎时浮现在她脑子里——她该不会是穿越了吧,还是魂穿的那种?

这个念头在她照到镜子的那一瞬即刻由怀疑转变为笃定,再然后,她便如穿越小说中的女主那般小心翼翼地蒙骗着身边所有人,假装自己失去了从前的记忆,以一个她所以为的穿越者的身份活下去。

接下来的两年,盛惠惠是真的过得很快乐。

她很快就接受，并且融入了这个光怪陆离的世界。

她活得就像一个真正的公主，每日行程被安排得满满当当，上午弹琴、画画、学习社交礼仪，下午与女王一同去灾区安抚灾民。身边还有个俊美如漫画人物的亲卫寸步不离地守护着她，这样的日子如梦一般，不真实到她怕自己一醒来，便又回到从前的世界。

盛惠惠开心到无法自已，女王陛下和徐翰卿却一天更比一天忧虑难过。

盛惠惠将一切都看在眼里，她与女王相处的时间虽不长，却是打心底里喜欢这个美貌且接地气的女王，何况这里还有温柔体贴的亲卫徐翰卿。

再后来，她从女侍们的闲聊中得知自己担负着将要拯救地球的使命，最开始的时候，她是不情愿的，可当她回想起女王和徐翰卿对自己的好，以及那些备受病痛折磨的灾民时，她说服了自己。

她想，她本就占据了不属于自己的公主身份，这样的日子即便只有短短两年，已胜过普通人一辈子。

她怕自己会害怕会反悔，在下定决心的第一时间找到了女王，说出了自己的心声。

女王哽咽得说不出话……

这一天终于到来，两极冰川全部消融，狂风暴雨来袭，洪水肆虐，那些已然被冰封亿万年的古老病毒再次席卷而来。

这颗曾孕育出亿万条生命的星球上如今只余原先不到二分之一的人类，继续守护着这颗蔚蓝的星球。

那台由全球最顶尖科学家研发的冰冷机器静静浮在水面，已然换上自己公主生涯中最华丽的衣裙的盛惠惠面带微笑地坐在机器里，外面站着她的母亲、她的骑士以及千千万万的子民。

她不停地挥舞着手臂，与女王告别，与徐翰卿告别。

明明是她自愿的，该一直笑下去呀，可为什么她的眼泪会不停地往下掉？

她不知道。

机器在一点一点地往下沉，盛惠惠便这般在世人眼中消失了，她化身成承载人类希望的种子，沉入了海底基地。

再过五十年，最多只需要五十年，这场灾难便能过去，这颗蔚蓝的星球也终将恢复成从前的样子。

全人类都在欢呼雀跃，唯独站在最前方的徐翰卿和女王。

孤 独 又 璀 璨 的 你

番外一

徐翰卿·他死在后半生唯一的美梦里

GUDUYOU
CUICAN
DENI

徐翰卿已记不清盛惠惠消失多久了。

自从她离开以后，他的日子似乎过得格外混沌。

他的职位越升越高，在仕途上可谓是一帆风顺，爱慕他的小姑娘自然也不少，可他的心早已在多年前伴随着盛惠惠一同沉入那冰冷的海底。

这些年来，他一直都在思考一个问题，盛惠惠于他而言，究竟是个怎样的存在。

他思考了很多年，自责了很多年，始终没能想出个所以然来。

所有人都以为他不喜欢盛惠惠，甚至连他自己都这么认为。

他以为自己对盛惠惠只有愧疚无关情爱，于是在一个又一个漫长到没有未来的深夜里，他总会在梦境里穿透迷雾看到一双写满哀愁与绝望的眼睛。

他永远也忘不掉那个眼神，多年前那个烟花绽满天际的夜晚，盛惠惠倚在他怀中，便是用这样的眼神静静望着他，哪怕是现在，他都能一字不差地回想起她说的那些话，那段记忆就像是被人一刀一刀刻在了脑子里。

今日的他又如往常一般梦到了盛惠惠，只不过这一次，萦绕在她周身的迷雾终于被夜风吹散，露出她清晰又明艳的容颜。

他已记不清究竟有多久没再见过盛惠惠，久到他甚至都快要将她的面容遗忘，只余一双眼睛彻夜不休地在他梦中来来回回萦绕。

她像是刚破水而来，脸颊和长而卷曲的黑发上犹自滴着海水，很美，就像一枝沾着露水的玫瑰。

她一步一步向前，缓缓张开手臂，柔声唤着他的名字，她说："瀚卿，跟我走。"

"瀚卿，跟我走"简简单单的五个字，犹如女巫的魔咒般刺进了他脑子里。

这一刻他停止了思考，停止了呼吸，满脑子都是这五个字。

他甚至都没经过思考，便做出了决定，毫不犹豫地抛下了一切，如空中降落的鸟儿一般蹚进水里，咸腥的海水狂涌而上将他包围，他闭上了双眼，仍由自己沉溺在她的怀里。

然后，他听到自己的声音轻轻响起："我爱你。"

既不是愧疚，也不是喜欢，而是——爱。

这是他思考了几十年才得出的答案。

最后一场梦，可真长啊，长到短短一夜就过完了他的一生。

他与她再度相遇，一同携手走入教堂，一同手忙脚乱照顾刚出世的小生命，一同眼含泪水目送自己的女儿嫁出去，一同挽着手安度晚年……

徐翰卿死了，死在他这后半生唯一的美梦里，享年七十九岁。

从常年霸占联邦军校校榜的顶尖高才生，到无上荣光的女王亲卫队队长，再到从未打过一场败仗的铁血将军，荣耀与传奇贯穿他这一生。

后世的史学家们口沫四溅侃侃而谈，说他是战神是不折不扣的孤胆英雄，又有谁知道，他心中早已长满荒草，孤胆只因孤单。

番外二

张昔微·她与盛惠惠的故事就此展开

GUDUYOU
CUICAN
DENI

盛惠惠走了，她的身体彻底消失在那个复古的电话亭里。

张昔微是第一个发现这件事的，而徐翰卿仍在电话亭外奋力抵抗着。

这一瞬间，张昔微觉得自己仿佛失去了所有的力气，她不知道该用什么言语来形容自己现在的心情，既不是悲愤，又无怨怼，当然也谈不上开心。这种感觉，就像是终于松了一口气，可与此同时，又莫名觉得讽刺和无力。

盛惠惠终于还是去了那个世界，那个她一旦去了，便必死无疑的世界。

平心而论，她并不讨厌盛惠惠，甚至还可以说，对盛惠惠有那么一点点同情、羡慕，乃至喜欢。

同情，是因为她不论如何都逃不过一死的命运。

羡慕，是因为她明明肩负着这样的命运，却能这般率性妄为地活到这么大。

至于，为什么会喜欢？这个问题怕是连张昔微自己也解释不清，只能说，她与盛惠惠朝夕相处的这四年虽有算计，感情却不曾掺假。只是她对盛惠惠的这么一丁点儿喜欢，还不足以撼动她的信仰和报仇的决心。

正如徐翰卿所说，张昔微出身于军人世家，父亲乃至上三代都是军人。

十岁那年，她的父亲在与"不死鸟"的斗争中壮烈牺牲，女王亲自授予其勋章，追封他为"荣誉联邦军人"。

那时的张昔微年纪尚小，并不知道所谓的"荣誉联邦军人"对一个普通的军人世家究竟意味着什么，只知道她的父亲，那个看似铁血冷漠，回到家中却会将小小的她高高举起，笑得像个少年一样的父亲再也不会回来了。

那件事已过去太久，久到她甚至都要记不清父亲的面容，久到她已记不清那时的自己究竟躲在房里哭了多少天，久到她甚至都要忘了，自己究竟是抱着怎样的信念考入联邦军校的。

联邦军校录取通知单到达她手上的那天，母亲突然告诉她，自己有了男朋友，并且即将订婚。

她并不反对母亲另寻自己的幸福，只是这个消息来得太过突然，以至于她一时间无法接受。

母亲的男朋友是个总带着那么一丝忧郁的儒雅男人，明明与父亲是全然不同的类型，她却无端地从那男人的身上看到了父亲的影子。直至那时，她方才明白，母亲为什么会选择他。

自从与那男人见过一面，张昔微便再也没管过母亲的事，很快，那男人便成了她的继父，而她也顺理成章地成了联邦军校的一名学生。

初见徐翰卿便是在开学的第一天，那一天他是唯一一个站在演讲台上，代表整个联邦军校发言的学生，仅仅是因为这个便叫张昔微深深记住了他。

张昔微属于那种心高气盛、凡事都要得第一的女生，即便是找男朋友谈恋爱也不甘落于人后，要么便不找，要找便找最好的那个，于是，她的目光落到了徐翰卿身上。

而今再去回想那段岁月，与其说她喜欢徐翰卿，倒不如说她只是执念太深，不信自己连个男人都搞不定。

于是，打一进学校，她就围着徐翰卿转，甚至都快忘了自己来联邦军校的初衷。

直至那个叫小惠的女孩儿出现。

平心而论，在看到小惠的那一瞬间，她是真有了危机感。

该怎么来形容小惠呢？

漂亮、直率，且聪明，是她不讨厌的类型，如果不是因为她们之间存在着竞争关系，她想，她会和这样的女孩儿成为朋友，只可惜她们如今是敌人。

对待敌人，她从不手软。

即便距离那时候已经过了这么久，张昔微仍是回想起那段时光便觉好笑，只可惜她机关算尽，到头来小惠仍是赢得不费吹灰之力。

然后，某一天，徐翰卿与小惠一同消失了。

徐翰卿与小惠消失后的一个月，她收到一条令人激动的消息，那便是——潜入"不死鸟"老巢做内应。

也正因如此，她才知道突然消失的徐翰卿竟入选了女王亲卫队队员，而那个叫小惠的女孩儿竟是多年前被女王送回二十一世纪的公主。

公主这个身份究竟意味着什么，她也是潜入"不死鸟"后方才知晓，原来这个不断腐朽和支离破碎的世界仍有希望。

所以，当她收到救出公主这个指令时，毫不犹豫地执行了。

意外总是接踵而至，她才将小惠放走，身后便出现一道人影，那道人影她是认识的，穿着黑色斗篷，戴着小丑一般滑稽却又令人心悸的面具，正是令整个联邦军乃至整个宇宙都颤抖的"不死鸟"大BOSS。

那一刻她心跳飞快，几乎就要冲出胸腔，她不知道该如何开口去解释这件事，更不知自己将会被如何处置。大脑乱成一团乱麻之际，她甚至还在想，她这算不算是为联邦军、为女王而献身呢？就像她的父亲一样？

死神并未就此降临。

那个足以令宇宙中任何一个人感到心悸的大人物就这么静静地站在她身后。

他既没开口说话，也不曾掏出武器，出乎她意料地掀开了那个戴在他脸上的小丑面具。

下一瞬，除了震惊，张昔微再也想不出别的词来形容自己此时的心情。

此时此刻,站在她面前的不是别人,而是一直以来都被她当作生父来尊敬的继父。

她的世界就此崩塌。

他却如往常一样,弯起眼睛与嘴角,朝她笑了笑。

他说:"我等这一天等得太久了,也该到你知道真相的时候了。"

这一天所发生的事情可谓是一次又一次推翻她的认知。

她甚至都不知道自己该将什么当作真相。

她的生父生前与继父是挚友吗?

她的生父并非死于"不死鸟"手中,而是腐朽的联邦军所导致的吗?

她从未如此绝望过,哪怕十年前父亲的死亡,也都不曾令她的信仰倒塌。

她甚至还从继父口中听到,母亲之所以选择改嫁给他,无关情爱,仅仅是为了报仇。

她浑浑噩噩,不知自己究竟是如何度过那些备受煎熬的日子,回过神来之时,她已进入前往二十一世纪的时光机。

她与盛惠惠的故事就此展开。

后记 /HOUJI
见你时满心欢喜

在一个阳光明媚到能闪瞎人眼睛的午后,我终于完稿了!完稿了!

在此我只想仰天大笑三声,推开窗对外嘶吼:"我也是个有完稿的人了!"

好了,激动完毕回归到正题上。

在写这个故事之前,我也开过很多不同类型的脑洞,也曾零零散散写过不下十万字的练手稿,如今终于能写出一个完完整整的故事,于我而言真心是件不容易的事。

起初写这个故事的时候,我设想的是写一个外星公主和喵星实习军官的故事,满心欢喜地写好大纲,却被编编大人冷酷且无情地打回。于是我痛定思痛，在这个故事的基础上加以修改，终于成了现在的模样。

这个故事的走向与别的软科幻或许会有些不同，女主虽然是个能拯救世界的公主，在弄清自己身份前却一直都过着普通人的生活。相较于别的文里那些坚毅勇敢的女主，盛惠惠的性格要更接地气，她大大咧咧且怕死，能迈过去的坎儿便去迈，迈不过就逃，绝不死磕，她或许不够完美，却是绝大多数普通人该有的模样。

在盛惠惠的身上，我看到了自己的影子。

张昔微这个角色，起先的设定是有着女神外表的绿茶女，整个过程我也是朝着这个方向去塑造的。可当我完稿，再回去看时，才恍然发觉，她身上似乎有着很多能被挖掘出的更深层次的东西。

我向来不喜欢对那些反派人物做无谓的洗白，与其在最后推翻前面所铺设的一切，告诉大家这个反派其实很可怜，有着不得已的苦衷，我倒宁愿塑造出一个死不悔改黑到底的角色，从始至终都知道自己是在作恶，却执意要坠落深渊，这就是反派的可怜可恨之处。

最后便是男主徐翰卿。

大抵与我本身便是女主控有关，所以相较于女主盛惠惠，徐翰卿这个角色或许被塑造成了所有言情小说中的标配男主——英俊、多金、高富帅，是每个怀春少女心中的理想型。

　　即便如此也并不代表，我对这个角色的喜欢不及女主盛惠惠。

　　他的身份是军人，是将全人类以及女王摆在第一位的军人，所以，他的爱是隐忍的，是不显山不露水的。

　　正因如此，才注定了他不能像别的男主一样，为爱舍弃一切，他有太多需要去坚守的东西。

包子君

脑洞嘛！
谁还没有不是！

看完这个故事，是不是觉得作者脑洞挺大的。
不管你服不服，脑洞这两个发明出来，就是专治不服。
小花作者们的脑洞极限到底在哪里呢？
不如来比一比，看看这几个故事，谁的脑洞更炸裂！

▼

《以星辰之名》
木当当 著

你知道星年 224 年的世界吗？
你听说过改造人和再生人的不同吗？

这是一个关于未来的世界。
丢失记忆的女主，曾经是女杀手，后来是人形大杀器。
捡她回来的男主，其实身怀一颗永生石，是不死之身。
女配奉女主之名，从几十年后回来，杀掉还没进化的女主本人。
命运扑朔迷离，他们说拯救世界的方法就是杀掉女主……
但是，男主并不这么认为啊！

《孤独又璀璨的你》
包子君 著

你以为它是个这样的故事：

霸道总裁爱上平凡的女主，费尽心思地同租一套房，各种卖萌讨女主欢心。
漂亮迷人的闺密出现，竟是上司的前女友，但是真爱最终站在女主这边。
嗯。偶像剧的三角恋狗血剧情，很玛很丽很苏。

脑洞告诉你，它没这么简单：

平凡的女主不平凡，她竟是拯救地球的种子。
霸道总裁不霸道，他来自未来的皇家军校。
漂亮的闺密不简单，她是潜伏在女主身边的卧底。
警告！！！地球即将毁灭，必须牺牲女主，才能拯救地球！

《与他重逢的世界》
姜辜 著

恋爱脑的脑洞日常当然是恋爱！恋爱！！恋爱！！！

爱看漫画的少女难免会期待着从漫画中走出的少年和自己来场甜甜蜜蜜的热恋。
沉迷打游戏的小仙女，你们是不是也想和自己钟爱的角色来一段旷世奇恋呢！

慢热的非典型少女为爱打游戏——
为了离自己暗恋对象许沉言更近一点，她决定了，要和许沉言玩同一款游戏！
而且她要练的就是整个游戏中最难的英雄——尤金。
于是她开始了每天被队友喷的生活，在学习之余也抽了大量的休息时间与电脑作战，终于她糟糕的技术，过分虔诚的态度，让游戏里的尤金，忍无可忍地，跳到了现实生活中……

《远辰落身旁》
八月末 著

你以为这是个过气女星在陨石灾难幸存后，意外得到预知能力，从此要开始逆袭之路的无脑金手指文。

其实我们在探讨平行宇宙最终的起奇点、思考费米悖论下的量子缠结、寻找十一维空间里的暗物质、白洞，以及模拟太阳风穿梭千万光年后呈现在我们面前的第五态……

是不是觉得拆开了每个字都认识，合起来都是什么鬼？
好吧，宇宙到底是什么不重要，重要的是：
哪怕忘记了过去，哪怕看见了混乱未来……
我不离，你不弃，我们跨越时间，让爱继续！

请添加关注"大鱼小花阅读"
微信公众号：xiaohuayuedu2016
新浪微博搜索：大鱼小花阅读
参与我们的话题讨论，有机会免费获得图书

图书在版编目（CIP）数据

孤独又璀璨的你 / 包子君著. -- 贵阳 : 贵州人民出版社, 2017.10（2020.1重印）
ISBN 978-7-221-14406-5

Ⅰ.①孤… Ⅱ.①包… Ⅲ.①长篇小说－中国－当代
Ⅳ.①I247.5

中国版本图书馆CIP数据核字(2017)第254618号

孤独又璀璨的你

包子君 著

出版统筹	陈继光
选题策划	大鱼文化
责任编辑	胡　洋
特约编辑	雪　人　采　薇
装帧设计	刘　艳　米　籽
特约绘制	猫　矮-MAOI
出版发行	贵州人民出版社（贵阳市观山湖区会展东路SOHO办公区A座　邮编：550081）
印　　刷	三河市华东印刷有限公司
开　　本	880×1230毫米　1/32
字　　数	150千字
印　　张	9 .125
版　　次	2017年12月第1版
印　　次	2017年12月第1次印刷 2020年1月第2次印刷
书　　号	ISBN 978-7-221-14406-5
定　　价	39.80元

版权所有　盗版必究。举报电话：策划部0851-86828640
本书如有印装问题，请与印刷厂联系调换。联系电话：0731-82755298